FYI，我想念你

葉揚短篇小說集

願這本書能擁抱一些曾經經歷失去，在夜裡思念的人們；
願這些故事能讓他們明白，自己不是孤軍奮戰。

自序

ＦＹＩ是 For Your Information 的縮寫，代表「讓你知道一下」的意思。這是我在平常工作中，信件裡很常用到的字。

有很多時候，當我向客戶寫完重要的一段話，不知道該怎麼結尾時，我會禮貌性地加上ＦＹＩ，表示「我只是想跟你說一聲，但你可以自行決定要不要採納」的含意。

「ＦＹＩ，我想念你」這本書，也帶有一點點這樣的感覺。

第一個故事，是我阿媽的事。

阿媽過世以後，我曾經以為，那些美好的事情終究會逝去；然而閉上眼睛，我仍然能看見，她將肉鬆剁碎攪進粥裡，端著碗吹氣的模樣；她會模仿虎姑婆的聲音動作，為我述說睡前的故事；她在夜裡把我抱到尿壺上，撫著我的手；幼稚園時她為我買的娃娃，現在依舊掛在我房間的牆。

我從來沒有忘記她。甚至越來越想她。

我想，每個人的心，都有一個從表面看不見的凹洞。現實生活裡，我們安靜地活著，做一些社會期待的事；那些不能丟棄的過去，就安放在洞裡。需要的時候，我們伸手探進那凹洞，把那些東西掏出來想一想。

這是集結八個真人真事、關於失去和想念的一本書。為了保護主角的隱私，我將內容中部分細節稍加更動，但我仍試圖保留住那些真切的情感。對我來說，它們都是從每個不同的心，那深深的凹洞裡面，撈出來的故事。

接下來，就讓正在看這本書的你，自行選擇該如何反應吧。

最後，將本書獻給我親愛的阿媽——陳冬蜜女士。希望她過得很好，知道我常常想她。

我一直以為，一個生病的老人，是我的負擔。
直到她走了，無聲無息地消散後，
我才明白被特別地愛著，原來是那樣的感覺。

阿媽的事

「阿媽，」從房間跑出來，六歲的我又哭了。「阿媽。」

那時客廳裡還有客人，這時他們統統轉過來看著我，我受不了他們的目光，只好低下頭來看著自己的光腳丫。

「喔，嬰仔睡醒了，要打電話給媽媽。」阿媽走過來，一副理所當然的樣子。她把我抱起來，若無其事地問：「我們去房間打電話給媽媽好嗎？」

我點點頭，她向其他客人示意，請他們繼續喝茶，接著拉開布簾走進房間裡。就在床上，我尿濕了一大片。阿媽看見了，一句話也沒說，她輕輕地把我放在白色橡木的梳妝臺上，把食指放在嘴唇中間，開始替我整理已經濕答答的噁心床舖。

「噓、噓——」帶著雙關語的意味，阿媽對我眨眨眼睛。接著又大聲地叫了起來，刻意讓外面的客人都聽到。

「哎呀，這電話沒電啊，打不通。一定是我忘記拿去充電了。」

快速地，阿媽將新的藍色床單壓平，把髒的那件先揉成一團放到角落去。

「嬰仔，我們先出去跟大家喝茶，等一下再打電話好嗎？」

「好。」我怯生生地配合演出，根本忘了剛剛哭泣的理由。

我

阿杰是我的名字，今年十月我就滿二十五歲了，所有男人基本該有的煩惱我都有，我既不夠帥也不夠高，口才不好也賺不了錢，現在還在念一個我覺得這輩子怎麼念也念不完的研究所，但大部分的時候，我還是像個真正的男人一樣，每天都努力地讓自己看起來一副很知道在做什麼的樣子。

我跟阿媽兩個人，住在菜市場的旁邊，生活是很便利的。阿媽很高興有我陪在她身邊，她總說，自從爸爸離開以後，家裡就很久沒有年輕人的味道了。

研究所同學們聽說，長期以來，我跟一個相當老的老人住在一起時，都覺得非常不可思議。

「你阿媽是民國元年出生的人喔？不是吧？」

「你到研究所都跟你阿媽住，學校沒有宿舍嗎？」

「欸欸欸，離開家，過得精采放蕩點，才是真男人啊！」

不知道為什麼，不管別人怎麼說，我自己倒是一點也不介意，關於這樣的問題。

阿媽

我的爸媽在很久以前就離婚了，媽媽離家後，爸爸究竟去了哪裡我也不知道，因此阿媽成為我唯一的家人，唯一可以學習模仿的對象。她在一間水果攤裡幫忙，我也學會一些叫賣的本領。我有時想念父親，阿媽總告訴我他是個天生就浪蕩的人，沒有人可以掌握他的行蹤，身為兒子的我最好也不要有這個打算；而我的媽媽，聽說又再結了婚，她曾經寄過一張相片給我，是她跟另外一個我不認識的男人站在一起的畫面，阿媽很快就把照片藏了起來，多看無益，她堅決地說，並且用食指在我的雙眼前左右擺了一擺。過了這麼多年，媽媽的影子淡了，現在我只記得她照片中，模模糊糊的一抹笑容。

說起來我們住的房子只有十個榻榻米大，不能算是很豪華的家，奇特的地方是在這個小小空間裡，有一臺三十二吋的電視，但卻沒有任何廚房器具的蹤影。關於這件事，阿媽總能自圓其說。

「吃的出去買就好了嘛。但是，電視我可沒辦法自己演喔。」

雖然阿媽不會做菜，但在無數上學的日子裡，她還是天天幫我準備便當，她的做法是，從市場帶回現成的便當，然後再裝進我的鐵飯盒裡。

「阿媽，為什麼妳要去買便當，再把那些菜裝進我的便當盒裡？」

「因為鐵盒子才可以蒸熱啦，保麗龍有毒啊，傻嬰仔。」

「我是說，那我就在學校訂便當就好了啊。」

「那樣不行喔，訂便當就不算有人在照顧你啦。」

「可是妳跟別人買也是別人做的飯呀？」

「我有負責裝便當，這是誠意啦。」

阿媽摸摸我的臉頰，那笑容好像午後讓貓咪會睡著的陽光。

我記得當她把水果努力塞進幾乎要破掉的袋子時，總會附帶一句：

「別人的媽媽會做飯，這是她們的天賦。我沒有天賦，還是很疼你。」

小英

第一次遇見小英，是在阿媽病倒的那段日子裡的某一天，那是巨大醫院側門外的一個小角落，我走在去買濕紙巾跟人工皮的路上，眼角卻突然瞄見一個小小的影子，我探探頭，發現一個呆若木雞的人，斜癱在牆壁上，我細細地看著她，還沒開口，她便自言自語地說爸爸在急診室裡急救，我問，需要幫忙嗎？她在雨中突然就哭了起來。

我覺得很倉皇。

阿媽跟我，在平常的生活裡不太容易哭，於是我對於人類突然哭起來那種狼狽的樣子，感覺相當陌生。她眼淚滑過臉頰的地方，妝都花了，留下白白的痕跡，一條一條的。我看著她，心裡默默想著，這可愛的女生不就是那個外語學院的嗎？她好像這學期還當選優良學生吧？不管怎麼說，以她美麗的外表跟過人的成績，她應該是世界上最不需要哭泣的人，而我想，我也應該是世界上最沒有機會跟她說到話的人吧。

剛剛從病房走出來時，天空亮得像是一百億顆電燈泡同時打開，我腦中根本沒有閃過帶傘的意念，可是現在我們兩個陌生人卻濕透了，看來一百億顆電燈泡一戳破，裡面裝的是可以轉動的一百億支水龍頭。

我趕快跑到機車旁，將置物箱打開，拿出裡面的一件雨衣。

「悶得臭臭的，不好意思。」我遞給她。

她還是自顧自地哭著，像是沒聽到我說的話，也像是什麼都無所謂了。於是我慢慢靠近把雨衣打開罩在她身上，先擋一擋雨。大雨中，我們兩個人中間隔著一張布簾，就好像簡易的告解小房間一樣。

我問她叫什麼名字，她哭著不說，我說我叫阿杰，阿媽也住院了，醫生要我有所準備，那是什麼意思？她問。好像意思就是會失去喔。我回答。

她踮起腳，隔著黃色雨衣偷偷看了我一眼，我低下頭，不敢跟她目光交接。啜泣聲中，她說她叫小英，我點點頭，雖然再走二十公尺，前方就有騎樓，可是我根本不敢移動一個正在哭泣的女生，就像健教課程裡教導我們應該如何對待重度外傷的病患一樣。

雨嘩啦嘩啦地下著，感覺脖子以下都麻麻的。

世界好像把我們同時都拋棄了，但有一股發自內心的力量，讓我想要安慰這個叫作小英的女孩。醫院這個地方，有時候就像一個看不到底的洞穴，在不停崩壞的碎石中，除了拚命抓著牆壁，也得保護自己，練就很會閃躲的技巧才行。

雖然想是這樣想，但是目前的情況，卻讓我感到有點棘手。我不知道她爸爸的狀況，也不知道該不該問她，我不知道她需要什麼，更不知道自己究竟能提供她什麼，說穿了，我什麼都不知道，只能任雨這麼下，並且保持固定的姿勢站在她的身旁。

「你有衛生紙嗎？」在一段沉默過後，小英突然抬頭問我。

我急急忙忙地打開背包，開始一陣翻找，錢包、鑰匙、過敏藥膏、阿拉丁餐廳的傳單，但就是沒有任何柔軟白色的衛生紙，一張也沒有。

「我有香蕉妳要吃嗎？」我從包包裡拿出兩根香蕉，表情無辜地問她。

小英笑了起來，她不可思議地看著我，好像在說：

「你這個人也太怪異了吧？」

照道理說，一個可愛女生在流淚的時刻，男主角應該要深情地拿出手帕，擦拭她嬌弱的臉龐，我感受到瓊瑤阿姨對我失望地搖搖頭，這種美好的畫面，居然出現兩根香蕉包在紅白塑膠袋的場面，我想是滿神經的一件事情。

但事實就是如此，我帶了很多東西來醫院，我腳上一雙鞋，背包裡甚至還有一雙拖鞋，就是缺一包十公克都不到的衛生紙。這是現實教會我的事情，就算沒有做好萬全的準備，事到臨頭，也總得想辦法變出一點東西來應付才行。

我想起有一次，國文老師要我交作業，我忘記帶來學校，於是我只好用午休時間做了一個林語堂讀書心得報告，天知道那是什麼，但老師還是收下了，她跟全班同學說，至少我挺有誠意的。

因此，在這種無論如何都生不出衛生紙的情況下，我拿出兩根早上醫院配給阿媽的香蕉給她，算是我個人展現誠意的做法，畢竟我的高中國文老師，是我少數有接觸，並且曾經當眾稱讚我的女性之一。

香蕉雖然奇怪，但意外地出現了不錯的效果，因為小英不再哭了，她接過我手上的塑膠袋。

「好，我要吃。」她對我說。接著我們就站在雨裡，認真地吃起兩根香蕉來。

阿媽與小英

阿媽生病的時候，變得越來越像孩子，而我就理所當然地跟她角色互換，擔負起照顧她的角色。阿媽有時清醒有時昏睡，只要清醒的時候，她總要我說故事給她聽，特別是王子公主的故事喔！她如此指定著。

有一次，當我說著關於小美人魚跟王子的故事時，阿媽臉上透出微微的光暈。「自由戀愛啊!!」她雙手合十，由衷地讚嘆起來

有時候，阿媽也要我教她寫字，一些簡單的就可以，我寫了自己的名字給她看，阿媽笑得很開心，「你的名字看起來很英俊咧！」我又寫了幾個字給她，她天天都在練習。

同時間內，小英成為我的新朋友，她的爸爸心臟需要開刀，跟我的阿媽住在同一層樓，我教她一些在醫院的生存法則，像是永遠不要惹毛值班護士，特別小心有外籍看護的地方，各種貼在皮膚上的儀器監測方式，還有醫院附近最便宜的衛生紙店家。

在某種程度上，小英跟我就像是同一戰線的士兵，她回家睡覺時，我幫她爸爸

倒尿跟擦背，我去上課的時候，她會到阿媽的病房裡，唱歌給阿媽聽。

每次我從學校趕到醫院時，小英會跟我報告今天阿媽的狀況，因為就讀外語系的關係，她說話時習慣把英文的For Your Information夾在中文的句子裡，甜甜的聲音加上外國人的口氣，總是讓我清楚明白，她不是我所能妄想的女生。

「醫生說阿媽今天要禁食，明天要抽血。就我觀察，阿媽會偷喝水喔，ＦＹＩ。」

「嘿，隔壁的看護話很多，ＦＹＩ，你最好假裝聽不懂以免累昏。」

這樣講久了，有天阿媽突然問我說：「阿杰，你英文名字叫ＦＹＩ喔？」

這件事把我跟小英都笑死了。

我把這三個字母念得很慢，向她解釋，ＦＹＩ是「告訴你一聲」的意思，阿媽點點頭，要我把這三個英文字母，用奇異筆確實寫在她的手心，那一整天，她逢人便說，九十歲阿媽也會講英語咧，ＦＹＩ。

失去的準備

阿媽睡著的時間越來越長了。

我還是持續講著公主遇見王子的故事，直到某一天，我從學校離開，走進病房的時候，看見忙碌的醫護人員，圍著我的阿媽，我能做的，只是在角落等待最後的結果。

醫生說，現在的情況是心臟衰竭，全身性感染，敗血性休克。他說了很多複雜深奧的醫學術語，但他臉上的表情卻再清楚也不過了。做好心理準備喔。他掩藏不住的細微表情，小小聲地對我說。

阿媽的身體一直抽搐，皮膚紫紅，我試著讓她安靜下來，她卻反而瞪大眼睛，抓我好緊，一些看不見的東西，對我而言非常重要的東西，正飛快的流失，我知道的，我抓不緊那些選擇離開的東西。

急救的過程很漫長，每個嘆息聲、每個竊竊私語都驚動我的神經，我盡量忍住自己的眼淚，讓眼球跟著各種偵測數字移動，讓自己不哭，醫生跟社工人員走過來安慰我，他們說，阿媽年紀很大，已經享受過人生，現在終點到了，他們拍拍我的肩膀，我點點頭，知道自己不能再勉強這個生命了。

在不停崩壞的碎石中，得練就很會閃躲的技巧才行。

我想起住院的這段日子裡，阿媽總是在一睡醒就問，我們今天去哪裡？不管我回答什麼地方，她總是開心莫名，期待得不得了。

有一次，我累得根本編不出任何謊言，於是提議，我們今天待在病房裡，哪裡都不去。

「好耶！」像個孩子一般，阿媽突然大力拍掌，興奮地喊叫著：

「今天我們兩個待在家裡，真是太棒了！」

於是我便咯咯笑了起來。

阿媽總是用手舞足蹈的樣子說話，她不該這般蒼老軟弱。

阿媽，我是如此的愛妳。我輕輕地在心裡說著。

但是，我已經做好失去妳的準備了。

頂樓的角落

大部分的時候，我跟小英保持一段適當的距離。

我們一起從學校去醫院，她會坐在我的機車後座，但雙手在全程中緊緊地抓著自己的牛仔褲不放，我則是小心翼翼地，在紅燈前提早減速，以免讓她的身體撞向我的背部。

在醫院時，我們轉進不同的病房，各自忙碌著照顧自己的親人。一段時間後，通常是四十分鐘，我們會聚在自動販賣機前面，各買一包餅乾，然後到頂樓交換著吃。

醫院的頂樓是我們無意發現的祕密基地。有一天在電梯裡，小英按了最高的樓層。我們走出來後不過是普通的病房，但她走到一個安全門前面，問我門外還有路走嗎？我聳聳肩，一面嚼著該買的零食，一面試圖把門推開。

門外是黑漆漆的樓梯，她頭也不回地融進那黑暗中，我只好跟了上去。我們開始向上爬，爬了三到四層後，頭頂上才出現了微微的光。

那是另一道門，看起來上了鎖，其實不然。我不過轉了兩下門把就自動彈開了，強烈的光與冷空氣從門外射進來，讓我的眼睛跟鼻子都縮了一下。接著我們看見好幾個奇大無比的水塔，佔據了大部分的空間。小英踮著腳側身擠進去，然後我們並肩站在不超過一張單人床的狹窄位置，俯瞰臺北市西區的舊城。風用不大不小的力道吹著臉，夕陽是橘紅色的。

後來那裏變成我們幾乎每天都去的地方，有時候我覺得那是老天爺創造給病人家屬躲一躲的角落。小英和我靜靜地喝飲料吃餅乾，聊一些不是很重要的話題。我們從不講關於生病或是死亡的事，只討論將來長大要變成怎麼樣的人，想要去什麼樣的國家。

她在說到未來的時候，經常比手畫腳，眼角有興奮的光。我忍不住重疊阿媽年輕時候的臉，混著她的模樣。說不上來為什麼，看著她鼻子的弧線，那樣的對應，就能讓我感覺好一些。

我不曾牽她的手，或是讓她把頭靠在我的肩上。但我們理解對方，理解在消毒水、成人尿片、鼻胃管和血氧率的纏鬥中，我們也不過是個手足無措的人，常常感到害怕。

從頂樓可以看到城市旁邊的慢慢流動的河，有鳥兒在上面飛著。小英說，她從小就喜歡河流，覺得那樣的景色非常溫柔。

阿媽與我

小英的爸爸出院的那一天下午，阿媽過世了。

我表面鎮定地處理所有事情，心裡卻像是被火車正面輾過一樣地痛苦，小英幫著阿媽做最後的擦澡，她問，還有什麼我能幫忙嗎？我不記得自己有沒有回答，我其實不能記得很多阿媽過世以後的事情了。

十二歲那年的學期一開始，我一走進家門口就告訴阿媽一件討厭的事。那時阿媽正在廁所刷假牙。

「阿媽，有同學說我很醜。」

「哪有可能？」她鄭重地對我搖搖頭，露出狐疑的表情。

「我的金孫最英俊了。」

「是真的。」我低頭看著自己的鞋，心裡面多多少少覺得難過。

「而且還不只一個同學說。」

「他們起肖啦。」

阿媽把牙齒套回自己的嘴，泡沫從牙齒裡面啵啵啵地滿出來。

「阿孫你要知道，神經病看人跟說話都會倒反過來。」

我抬起頭來，發現阿媽的牙齦跟牙齒都是粉紅色的泡泡，像是用葡萄柚汁漱口一樣，顯然是她剛剛用力過猛，不小心把牙齦刷破了。

「我覺得他們一定是嫉妒你才會說你醜。」

「那意思是說我事實上很帥，所以他們才說我醜嗎？」

「我跟你說，你很聰明，生得醜又沒差。」

阿媽對著鏡子瞧，顯然發覺不對勁，於是張大嘴開始尋找粉紅色泡泡的起因。

這下我卻完全聽不懂了，十秒前她明明說我哪有醜，現在為什麼又改口說醜也沒有什麼關係呢？

「可是你剛剛說神經病講話都顛倒，那就是在說我其實長得很帥，不是嗎？」

我追問著：「還是說我是不醜，但也沒有很帥？還是……」

我話還沒講完，就看見阿媽往我這個方向衝過來，我還來不及躲，她就開始拿著剛剛拔下來的假牙，猛敲我的腦袋。

「你這個小孩怎麼這麼起肖，一回家手也不洗，就在那邊講什麼繞口令？」

我一邊往後跑，還不忘邊問到底是誰帥誰不帥的問題，不小心又撞倒了放在桌子上面的水杯，水噴得滿地都是。這下搞得阿媽更火了，她對著我齜牙咧嘴地叫：

「你看你看，阿媽現在沒牙齒，一定比你更醜啦。」

阿媽、小英與我

阿媽火化的時候，是在第二殯儀館，我心裡覺得很寂寞，但還是逞強地把眼淚留在眼眶裡，我是一個勇敢的男人，我對自己小小聲地說，而就在那時候，小英輕輕握住了我的手。

「我跟你在一起吧。好嗎？」她問我，聲音細細柔柔地。

「在一起，」小英低著頭，露出淺淺的笑容，「我也會對你很好。」

時間好像凝結成一塊美麗不動的結晶體，小英看向我，我仍是一臉呆滯的表情，她把皮包放在我腿上，埋頭開始翻找東西。

「喔，找到了。」我依稀看見她手裡拿著一張照片，但我還沒有回過神來，直到她用力地將照片在我眼前晃了晃，我眨了眨眼睛。

那是一張我小時候拍的照片，那一年我七歲，呆呆地站在樹前面，手裡捧著三顆大柚子，很滿意地笑著。

我不記得有給小英看過這張照片，事實上，連我自己都快忘了曾經拍過這張照片，但能笑得如此燦爛又一副蠢蛋模樣，一定是我本人不會錯。我注視照片許久。

「翻到後面看看。」小英有點迫不及待地，指導了我一下。

我看著她一臉的興奮莫名，覺得很奇怪，於是我將照片翻過來，那是我人生中驚喜的一刻，真真切切地，我第一次感覺到祝福是有其重量的。

照片的背面，似乎是用一枝幾乎快斷水的原子筆，寫了兩排扭扭曲曲的字，我一眼就認出來，那是阿媽寫的字，對她來說，這已經算是很整齊了。

阿杰是個好人，他會對妳很好。

ＦＹＩ，他小時候也是非常英俊的。

我忘記自己為什麼立刻就哭了，小英輕輕地扶住我的肩膀，我的眼淚跟笑容同時掛在臉上，很難形容是什麼樣的一種感覺。這一路上，因為遭受種種挫折與忽視，使我變成不是很有自信心的人，常常會對幸福感到懷疑跟害怕，但阿媽不一樣，她對我有十足的信心，就算信心裡是帶點傻氣的自以為是也沒關係。

小英說，阿媽在過世前兩天，趁我去樓下買便當的時候，像是準備了很久，終於逮到機會似的，她把小英叫到床前來，偷偷地將這張照片遞給她，小英說，她當時很驚訝，阿媽對這種感情的事的敏銳程度，但阿媽一句話也沒說，只是對她慈祥地笑了一笑。

阿杰是個好人，他會對妳很好。我用手指撫摸著字跡留下來的紋路，真不敢相信，原來阿媽從來沒有停止過照顧我的心情。

「這張照片你留著吧。」小英說：「你比我需要它。」

回家以後，我怔怔地對著照片發了好久的呆，我試圖將照片靠近，看看是否能聞出阿媽的味道，但我能感覺到的全部，只剩下香香的原子筆墨水味了。

那天晚上睡覺前，我拿起筆在照片後面，一筆一劃，非常慎重地，又寫下了兩行字。

阿媽，我會是好人，全都因為妳的栽培。

ＦＹＩ，我很想念妳。

那時照片裡的我笑得很燦爛，一臉天不怕地不怕地，在世界上活得很自在的樣子，我想起那柚子是阿媽塞進我手裡的，她總是對大顆的水果情有獨鍾。

大部分的時候我不怪誰，真的。
在我全心全意放下尊嚴，決定當個安分女人以後，
我知道，是那樣的放棄，殺了其他部分的我。

家庭主婦

自從先生離開家以後，我就再也不需要服侍他了。

我不再讓自己留在原來的家裡，那裡留下的，全都是我失敗人生的痕跡。

我為他辭去工作已經三年，三年來，我們全心全意嘗試著再生個兒子，但沒有任何結果。直到外面那個女人，口口聲聲說她懷孕了，檢查確定是個男孩，後來的事情就只能變成現在這個樣子。

其實我有點訝異，先生那邊的家庭都是贊成他離開我的，簡直就是採取全家鼓掌通過的形式，整個離婚手續辦得好像喜事一樣，我的肚子沒消沒息，處在絕對劣勢，他們留下原來我們住的房子給我，好像從此互不相欠似地，就這樣一夥人喜洋洋地揮揮手離開了。

我帶著我們五歲的女兒住在空蕩蕩的家裡，每天醒來，我唯一能做的事就是一直哭，哭完了就開始找房子。網路上那一間間房子的展示，在我眼前，常常變成水濛濛地一片。我從來都沒辦法優雅地哭，衛生紙被我捏成一團一團地，散落在桌子上，就像打翻的餛飩湯。

我的女兒年紀還小，對於離婚這件事不是太明白，她常常問起爸爸什麼時候回來，我偶爾要先生打電話給她，先生也只是草率地應付一下。吃飽了嗎？睡飽了嗎？妳要乖乖聽媽媽的話。頂多這三句，女兒想多講都不行。我總是問自己，究竟男女的性別是怎樣的天差地遠，全都是親生的骨肉不是嗎？大部分的時候，我不為自己感到難過，我只是很可憐我那一心愛著爸爸的小女兒。

在離婚的一個月後，那女人打電話約我見面。有事想跟妳談談，她在另一頭，吞嚥著口水，小心翼翼地說。

不知道為什麼，她打來的電話，讓我心裡面有一些希望的種子，莫名地點點燃燒起來。我送女兒到幼稚園去，接著依照約定準時出現在餐廳裡。在熱鬧的用餐環境中，我假裝若無其事地研究著菜單。十五分鐘後，穿著一襲柔美白色洋裝的她，驕傲地挺著肚子走了過來。我注意到她手上並沒有戒指，那希望的火焰便往上又提高了一些。站在一旁的服務員替她拉開椅子時，一面客氣地聊著天，哇，應該快生了吧。謝謝，大約再過兩個月。她將腰桿挺了起來，那已婚婦女的氣勢，如大水般洶湧地向我襲來。

她輕輕地坐了下來，對我點了點頭。我意識到這是第一次見到她本人，那感覺並不好受，於是只能低下眼對著她隆起的肚子瞧。那七個月大的肚子並不算小，高度大約十五公分，卡在我們兩人中間，不知不覺地讓我想起自己消逝無蹤的十五年青春。

我有一種人生真的很荒謬的感覺。

我們雙方很有共識地安靜了三十秒。在恍恍惚惚中，我回憶著上次見到自己的婚戒，是小女兒拿來辦家家酒時戴上的時候，**然後，那個東西去了哪裡呢？**穿著白色洋裝的陌生女人，和我坐在同一個桌前，將我的記憶拉回當時的婚禮，他穿著同樣白色的西裝，站在禮堂前等我走過來，那男人曾經讓我相信了一些事情，**現在，那個東西去了哪裡呢？**

那女人的嘴巴在動，我聽不見她的話，她接著從桌子底下，推給我一筆錢，要我好好照顧自己的小孩，盡量不要再出現了。儘管餐廳很吵，我依然很記得她要我盡量不要出現的語氣，好像我是腐敗發臭的過期食品，誰都要捏著鼻子把我從冰箱裡扔掉的樣子。她的錢裝在白色的信封袋，壓在我的膝蓋上，就像一袋白包，宣告著某種死亡的意思。過去的事，請節哀吧。我好像聽到肅穆哀悼的背景音樂演奏著。先生連最後一次給錢，都不願意親自來，這樣的結果，要我不服都不行。

我沒有大吵大鬧，握著沉甸甸的那一包鈔票，我想這樣或許對大家都好。

我離開餐廳，便立刻去幼稚園帶女兒回家。我問她，媽媽的戒指妳有看見嗎？她說上次玩家家酒的時候有拿出來，後來就想不起來了。沒關係。我回答。反正我的婚姻跟妳的家家酒一樣不真實。我在心裡想。

晚餐吃飽後，我盯著廚房裡的鐵製垃圾桶，感覺連它都比我高尚，我聽見洗衣機發出清洗完畢的聲音，便走到陽臺，拿起曬衣架。像是什麼東西吸引著我，我狼狽地靠近走廊邊際，扶著欄杆往下看，想像自己從樓上摔下去變成一團肉醬的模樣，或許這樣人生比較不難堪。小女兒不知不覺地走到我身邊，媽媽妳要去哪裡？她用童真的聲音說，我也要跟妳一起去。

就在那時，我張開眼睛，意識到自己非得做一些改變不可。

我開始打包，狠狠地把先生的東西都丟掉，除了他那件藍色的睡袍。我很難說得清楚其中的道理，但他睡袍的衣領上有我買的香皂的味道。我想，雖然有些矛盾，但現在的我總是得有些什麼東西可以證明我是曾經這樣愛過一個男人，所以我把睡袍丟到行李箱帶走。

隔天下午，房仲業者依約來家裡估價，他對我提出的第一個問題就是，這些家具都可以留著嗎？

「連鍋碗湯匙都留著。」我點點頭回答：「我要重新買所有的東西。」「妳的老公一定很疼妳。」那年輕的業務員笑著表示，表情很羨慕。

我不好意思再多說什麼，就只好跟著他一直傻笑。

那好像是我離婚後，第一次癡癡地笑了這麼久。

每個星期，我住在鄉下的母親，都會和我打電話。她是個相當傳統的婦女，因此，我在電話裡，並沒有跟她多說什麼。直到有一天，女兒在電話裡跟外婆說，爸爸沒有在家裡，他去別地方玩了。她才覺得有點奇怪，發生什麼事了？她問，你們兩個是不是吵架了？

有很多事情，是不論對錯的，我明明沒有做錯什麼，卻在這個時候，覺得抬不起頭，我想起自己和丈夫初結婚的時候，媽媽花了好長一段時間教導我如何做一個好妻子。現在我該怎麼跟她說，我飯也做了，衣服也洗乾淨了，但他還是決定跟別人在一起。我總覺得媽媽不會理解的，她也只有我這個女兒，但她從不曾因為這個原因，被她的男人拋棄。我們沒有吵架。我淡淡地說，我並沒有騙她，從頭到尾，我都沒有真的跟誰吵架，或許這才是真正問題的根源。

先生離開以後，好幾十天就這樣過去了，這期間我帶著女兒到處去看房子，沒有一間中意的。我只要聽到這間房子原來的屋主是一對夫妻，因為有了孩子，要搬到更大的地方去，這樣的故事就讓我不由自主地想吐。我打從心底知道這是我個人的問題，但我也沒辦法處理。後來接連看了十多個房子都不滿意，那個幫我介紹的客戶經理，也漸漸不太理我了。我也不能怪他，畢竟連我自己都搞不清心裡真正要的是什麼。直到有一天晚上我醒來，突然想起了那間真的令我心動的房子。

我記得那房子出現在一個陽光燦爛的星期天，那天中午先生接到公司的電話說要加班，我替他把皮鞋擦好，要他穿上毛衣背心。

「小心著涼，」我說：「你辦公室的空調特別冷。」

先生聳聳肩沒有說話，把外套脫下來放在旁邊的椅子上，聽話地套上背心。我和女兒送他出門，女兒還獻上一個飛吻。

接著我在家裡拖地澆花洗衣服，難得天氣這麼好，我把沙發上的椅套一一拆下來，打算拿去外面的陽臺曬曬，就在那個時候，我發現先生遺落在沙發上的手機螢幕，停在一個讀取訊息的顯示窗格。

那是只有一個地址的簡短訊息，並沒有顯示來電號碼。我雞婆地打電話去先生的辦公室，也沒有人接聽。由於他的工作跟財務借貸業務相關，常有大筆資金進出流動，於是我就開始胡思亂想了起來，我甚至天真地擔心會不會就像電視裡的社會新聞那樣，是黑道人士傳簡訊告知他談判的地點，先生該不會單刀赴會，然後就被壞人抓走了吧。

哎呀，想想像我這樣的家庭主婦，成天擔心東擔心西地，又有誰是真的領情呢？

最後我終於受不了，便決定坐計程車到那個簡訊中的地址去。開了一段不算短的距離後，司機指指前面的建築，告訴我就是這裡。我下車一看，佇立在我面前的是一家豪華氣派的汽車旅館，有個穿著窄裙的女服務員喜孜孜地向我走來，我不自覺地往後退了幾步，手上還抱著女兒。

「哇。」女兒發出了誇張的驚嘆聲，掙扎著我的懷抱，把頭往前伸。那時的我，可真的是一句話都說不出來了。

我跟門房說了先生的名字，他翻翻一疊資料，說剛剛才入住沒多久。他是一**個人**來嗎？我問著，穿灰色背心的。女兒接著補充。門房給了我一個很尷尬的表情，我才從那牢不可破的傻女人中慢慢明白過來。他接著抬起頭問我還有什麼事嗎？我回答不出來，居然瞎編了我是他妹妹，本來有緊急的事要找他，那小夥子看著我，不知道該怎麼辦才好，只好說，那需要我**現在**打電話到房間給他嗎？

我真的不敢想，要是現在就打給在房間裡的先生，事情會變成什麼樣子，所以我只好臨機應變說，沒關係，請再給我另一間房間，當那位先生退房的時候，麻煩你跟他說一聲我在這裡。

既然要了一間房間，服務人員便開始拿著像菜單的本子出來對我介紹，我真的好落伍，都不知道現在的汽車旅館，竟然有帶著夢幻名字的各種房型可以選擇，我讓女兒自己看著照片挑，她看來看去好不容易選了一個英式維多利亞古典套房，女兒一進房門就興奮透了，我自己也被浴室裡那超大的按摩浴缸嚇了一跳。

後來的事情就是那樣了，過了兩個小時後，先生打了手機給我，他說了一些話，我坐在碩大的旅館房間裡，在另一端沉默了很久，倒是女兒最後把電話搶了過去，高聲地說：「爸爸你都不知道，我們在比家裡還漂亮好多倍的一個地方，媽媽說除了不能打開電視看以外，我要幹嘛都可以，你也快點一起來玩⋯⋯」

我們走出旅館門口時，先生就站在那裡，他穿著同樣的灰色背心，旁邊沒有別人，爸爸你終於來了。女兒跑過去抱著他，他將女兒扛在背上，我跟他保持著一段距離。大約五分鐘，我們兩個人沒有話說，他只好慢慢領著頭走到車子旁邊，我們當年一起買的車，現在停在另一個房間的車庫裡。

離婚後這陣子，我常常想起青春跟選擇的事情。這麼多年來，我跟先生，一起做了一些決定，我們戀愛，結婚，有了女兒，買了房子，生活在一起。漸漸地，我習慣聽他的意見，不再自己做出選擇。我記得他有次若有所思地問我，我們不再年輕了，怎麼辦？我在心底問，年輕又算是什麼呢？但我終究沒說出口，只是默默看著他，等著他說出答案。其實我的青春，那些奇奇怪怪的夢，早就在嫁給他以後，掉進生活瑣碎的雜事裡，再也跑不出來了。

而現在，當我終於開始思考以後，不知道為什麼，那間英式古典套房的畫面，和深藏在背後的一些道理，就讓我在夜裡，睜著眼睛睡不著。我想著，如果那女人可以不費任何氣力，就躺在那麼浪漫美好的地方，挺了個肚子出來，我又何必每天灰頭土臉地待在家裡測量體溫，注射荷爾蒙，等著先生回家。反正現在社會裡做個情婦也風光成這副德行，那我也要過過那種跟公主一樣的生活，我礙不著誰，誰也管不了我。我想著想著心裡明白了，便安穩地睡去。

隔天一早，我告訴吃著早餐的女兒說，妳跟媽媽一起搬去那家汽車旅館住吧。「英式維多利亞古典套房嗎？」剛掉了門牙的女兒，說話並不太標準，但她卻一字不漏地準確念出那個房型的名字，我於是露出微笑點點頭。就這樣，女兒高興的表情藏也藏不住，跳上跳下地也跟我一起認真打包起來了。晚些，我打電話到那家汽車旅館，說明我要住一個月，對方熱情地給了我八折的優惠。這可引起我的興趣了，我問，你們總共有幾種房型？電話那一頭算了一下說一共有四十八種，我說，如果我每間房都住個三、四次，你幫我算算能再打幾折。

「每一間房都住三天以上嗎？」接線生有點不可思議的逐字詢問，就怕是聽錯了。

「是的，沒錯，」我肯定的說，「我打算花個半年享受貴旅館這些變幻無窮的房型，就看你們可以算多便宜給我。」現在想起來有點好笑，其實不管發生多難堪的事，在某些方面上，我那家庭主婦無論如何都要議價，喜歡打折的性格，還是很難去除的。

「對於長住的房客，我們都很有誠意的。」客服人員支支吾吾地回答我，顯然對他來說，我這個每間房都要住遍的大膽想法，實在有點超過他所能理解的範圍。

「不然，我請經理跟妳說明一下好不好？」沒等我回答，那客服人員便放下電話，落荒而逃求救去了。一分鐘過後，電話裡傳來另一個甜蜜到無法形容的聲音，「先生您好，我是客房部的經理，聽說您有長住在我們旅館的計畫是嗎？」

聽著帶有濃濃鼻音的女經理邊撒嬌邊說話，我覺得她誤以為我是男人這件事，也算是挺合理的。畢竟有這樣的雄心壯志，決定要長時間住在汽車旅館的客人，能**不是個男人嗎？**於是我笑笑地用更濃的鼻音回答說，我不是先生，不過我真、的、是、考、慮、長——住——喔——那個女經理愣了一下，不好意思地連忙道歉，她的聲音一下子變得正常了很多，又再給了我更好的折扣。雙方相談甚歡，我們就這樣約定了下來。

清晨七點半，暖暖的陽光灑入了房間，我聽見門外傳來清掃的聲音，便慢慢甦醒過來。我喚著女兒的名字，她在浴室裡回應著。門縫塞進了今天的早報和旅館最新優惠訊息，我爬下床拎起報紙，注意到上頭的日期。仔細算了一算，原來我住在這個旅館裡，已經三個多月了。現在的我，已經能心平氣和地每天跟女兒一起泡澡，吃飯店提供的精美早餐。每隔三到四天，我們就拖著行李，換去另一個潔淨美麗的房間，感受不同風格的夜晚。那個年輕的房仲業務員，很快就把我原來的房子賣掉了，價錢還不錯，足夠我在這裡住上三十年。我在電話裡跟一個女性朋友說起這件事情，她對我的做法很不以為然，她憂心忡忡地勸我別賭氣，好好安定下來找間像樣的房子吧。我沒說什麼便掛了電話，曾經我以為安定下來是件好事，但現在的我，已經不在相同的位置上了。

看完報紙，我輕輕地把乾淨的床單掀了起來，突然發現自己終於不用在天氣好的時候只想著曬被子的事情。女兒走過來很認真地跟我說，她以後也要蓋這樣的房子給我住，我說真是太好了，妳把每天的房間都畫下來記錄一下。她便很有興致地像個專家，在屋裡繞著轉著忙著，怎麼也停不下來。不知道為什麼，望著那一個個亮晶晶的家具組合，她小小的身影拿著蠟筆走來走去的背影，我想，我的人生，總算做了一個正確的選擇。

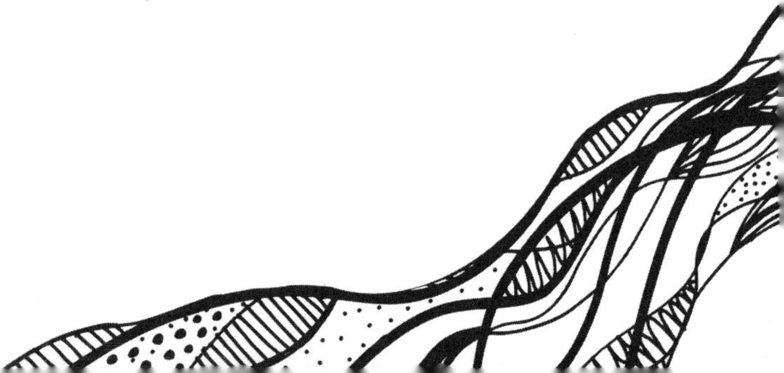

你不要走。那可愛的孩子說。
我哪裡也不去。我回答。
既然那樣承諾了，為什麼又跑得那麼遠呢？

羅羅與我

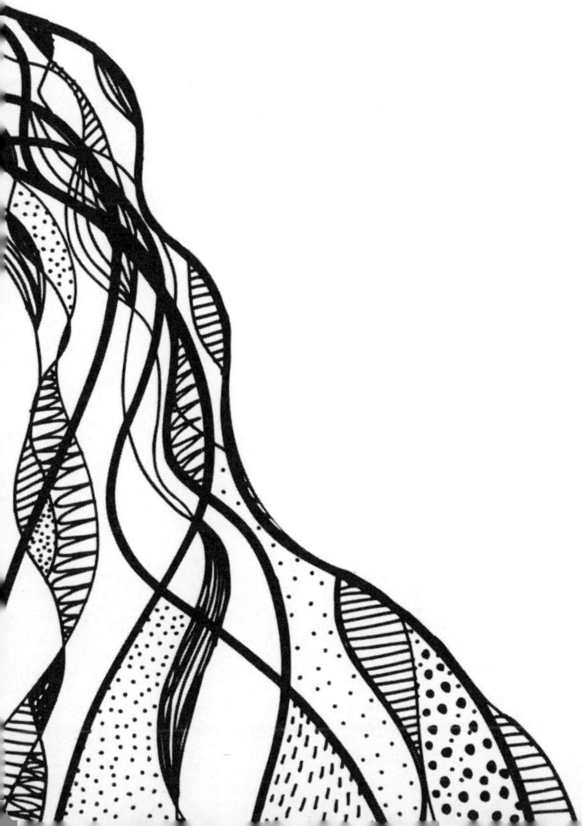

每個人的心裡，都住著一個小孩。

我真的沒有騙你，差別只是你看不看得到而已。

在講這個故事前，我必須先介紹一下我自己。我是一個二十九歲的平凡上班族，未婚，收入普通，長得還算討人喜歡。

但是，有時候，其實我分不太清楚，在這個龐大的世界上，到底是我出了問題，還是除了我以外的所有人。

我很確定有一件事情發生在我生命裡，真切無疑地發生了。只是我不太告訴別人，因為每次我說出來，大家就會叫我去看醫生。

讓我這樣解釋吧，每個人的心裡，都有一個孩子。但我的問題可能是，我親眼看得見，屬於我的那個小孩。

二十九歲的我正在穿套裝

「我、不、去——」羅羅堅定地搖頭表示。

現在是星期一的早晨，他圓圓的身軀斜躺在沙發椅上，手裡端著一本故事書，皇家外星人絕地大戰地球魔王，有兩個目露凶光的怪獸正互相咬著彼此的肩膀。

「今天我要躺在床上一整天，妳知不知道我好累喔。」

我搖搖晃晃地站起來，半張著眼睛，慢慢脫下睡衣的一半，終於找到在棉被裡悶悶響著的鬧鐘。

羅羅卻像個星期天下午優閒的釣魚者，他一動也不動，執意黏在原來的位子上，保持相同的姿勢，只有大大的雙眼看著我忙來忙去地準備出門。

我套上一件毛衣，將雜亂的頭髮紮成一團毛躁的馬尾，把手上的鬧鐘，貼在距離羅羅的眼睛三公分的前方。

「我又看不懂時間。」他把頭別開。

反正，我們非去不可。我說。這可是一份工作。

「哎呦，煩死了。」他揉著自己的頭髮，兩隻短短的雙腳朝上方的空氣踏了幾下，顯得相當煩躁，他把頭窩在兩隻膝蓋的中間。

「我覺得煩死煩死了。」

我抓住他胖胖的小腿，試圖把他從椅子上拖下來。他尖叫著扭來扭去，像隻頑皮掙扎的小熊。

「我們不能只是玩就好嗎？」他天真無邪地問著。

這個胖胖的孩子，他的名字叫羅羅。他就是我說過的，我親眼看得見的，屬於我的那個小孩。他有一張圓滾滾的臉龐，一頭黑棕色的自然鬈頭髮，當他鬧起彆扭時，因為氣嘟嘟而脹紅的臉頰，會讓人同時想親吻又想用力咬他。

數不清的好多年過去了，我已經變成一個二十九歲，眼下有一條小細紋，看起來一本正經的大人。我的羅羅卻從來沒有長大，一直是一個維持著六歲面貌的孩子。每一次，我都替他戴上國王的帽子，替他慶祝六歲的生日。

「求求妳啦，就今天不要去？」

看著羅羅可憐的眼睛，他原本在讀的那本魔王系列故事書，已經掉到一旁去了。他圓滾滾的身軀縮成一團，在軟軟的椅子上，雙手合十的苦苦地哀求著。

哎，你這小子。我停下所有動作，就坐在他的旁邊，他肥肥的手指放在我的手臂上，紅通通的臉頰靠近我的肩膀。感覺溫溫熱熱的，一切如此真實。

漸漸地，我讓自己與他融合在一起，我們一起閉上眼睛。

「我、今、天、真、的、不、想、去、上、班——」分秒不差地，他跟我，同時說出這句話。

七歲的我在操場上

我記得第一次見到羅羅，是在一個天氣好熱的下午。我穿著藍色領子的運動服和短短的紅色褲子，空氣好像快要在我眼前自己燃燒起來。

那一年，我才剛剛上小學一年級。

壯碩黝黑的體育老師，邊打著哈欠邊吹著哨子，要我們同學五個五個排排站在一起。我站在最靠近內側的跑道，汗水已經滴進我的耳朵。我瞇起眼睛，看見在跑道後方的一個小朋友，他在終點處，戴著一頂黃色的小帽，拿著一個銀色的小旗子，開心地向我揮舞著。

雖然我才七歲，不知道勝利的意義代表些什麼，但我告訴自己，當哨聲尖銳地一響，我就得奮力向前跑。

接著，刺耳的哨聲劃過我濕潤的耳膜，我感覺雙腿用力地開始動作，左腳跨過右腳，右腳追過左腳，我咬緊牙齒，試圖集中所有的專注力，旁邊的小朋友都模糊成一片風景，隱約中，我只聽見羅羅稚嫩的聲音。

「快呀快呀，像隻奔跑的馬！奔跑的豹！」

當我一馬當先地衝過終點，幾乎喘不過氣來時，羅羅把旗子丟在地上，跑上前抱住我的背，用力拉起我的右手。

「跑步冠軍！」他帶著得意的笑容，向現場所有人大聲宣布。

從那一刻起，我就知道他會是我的好朋友。

二十九歲的我在辦公室裡

「哎呦，能量瓶減到最低。」

當羅羅覺得累的時候，他喜歡這樣講。

我想起我們都還是小孩子的時候，總是在放學以後，一起走路回家。兩個小小的腦袋裡，每天裝的都是幻想。我們最著迷於幻想自己是揹著一個重量級能量瓶的太空人，當氧氣不足時，我們就會用慢動作昏倒在地上，好像自己就快要戲劇化地死在無垠的宇宙裡了。

「等一下喔，我的能量瓶不見了。」我記得，每天早上媽媽叫我起床去上學的時候，我都這樣拖延時間。媽媽第一次聽到時，還以為是我的水壺。大人真是什麼都不懂。

「妳現在都不跟我玩了。」

見我繼續敲著鍵盤，沒有理他，剛才戲劇化昏倒在地上的羅羅，只好慢慢爬起來，扠著腰哀怨地看著我。

今天是放完長假的第一個星期一，整個公司都陷入瘋狂的忙碌裡，電話響個不停，沒有人停下腳步，每個人都在找我，我沒有時間對他解釋什麼。

「為什麼妳要換名字？」羅羅問，我隨意地搖搖頭。敷衍地表示我也不知道。

「這個名字難念死了，」他一邊抱怨著一邊練習：「Catherine……Catherine……Catherine……」

「哎呀──妮妮，妳叫這樣的名字，會害我的舌頭受傷喔。」

妮妮是我的小名，我從十三歲以後就不讓別人這樣叫我了，只有羅羅還是不放棄。

自言自語一陣子後，穿著淡藍色小熊睡袍的羅羅，總算安靜下來，但我知道並不會維持太久。他在我的座位附近走來走去，步伐越來越慢，越來越沉重，最後正面朝下，誇張地倒在我身旁的地毯上。

「我──好──無──聊──喔──」他悶悶的聲音從地下傳來，我用右腳拍拍他的背，以示安撫。

「今天帶你去看卡通吧。」我小小聲地說。

「可以嗎？」羅羅驚喜地站起來，表情好像中獎了。

我對著他接著說，再等我兩個小時就好，不會很久的。

他胖胖圓圓的臉瞬間擠出燦爛的笑容，好像有個三角衣架在嘴裡撐著。

我敲打著鍵盤，嘴裡發出啦啦啦的歌聲，無意義的歌，但是有著相當快樂的節奏。

「耶……耶……耶……達達！」羅羅連忙跟著我唱和著。他說得對，上班有時真是無聊得可以，今天的我決定拋下一切，好好地，跟六歲的他看部電影。

反正，沒人看得見羅羅，帶他進電影院，完全不花錢，真是很愜意。

「我最喜歡妮妮這個樣子。」羅羅奉承地拉著我的手，幫我把位子附近散落的紙張都整理成一疊一疊，整齊地排好。他貼心幫忙的樣子很可愛，我對他眨眨眼睛。

「我也喜歡這個樣子的我。」我回答他，順便捏捏他高興又期待的臉頰。

只是，接下來我們都不知道的事情是，兩個鐘頭後，老闆會走過來，丟出更多的工作，必須再多做兩個鐘頭。

一天過著一天，電影下片了，下一部又上片了，不知道為什麼，羅羅和我，終究還是錯過說好一起去看的卡通。

七歲的我必須治療

當羅羅以六歲的可愛男孩姿態出現的那年後，我們就沒有一天離開過對方。我們一起上學，一起在公園玩，一起看電視，一起吃點心。

很多親戚家人同學，發現七歲的我會自言自語對著空氣說話，並偷偷留食物給他們看不見的另一個小男孩時，都以為我瘋掉了。

爸媽憂心忡忡地送我去看精神科醫生，我便開始了長達兩年的治療課程。不過，與其說那是治療，我反而比較覺得那像是兩年溝通不良的精神喊話。總是若有所思的醫生，完全聽不進我說的話，他只是一直試圖要跟我爭辯些什麼。他覺得我太寂寞，他跟爸媽說，孩子擅長利用想像力驅趕孤單的感受。

我跟羅羅坐在柔軟的大沙發裡，每個星期聽他講一小時的話，對我解釋真正的朋友跟幻影的差別。

「他才愛幻想。」在一次治療的過程中，羅羅認真地對我說。

由於外婆的大力推薦，每隔兩三個月，我也得固定去寺廟裡報到。有個衣著很複雜的師姊，總是對著我喃喃自語，然後趁我不注意時，大力地拍向我的背。

「哎呦！」我跟羅羅每次都痛得大叫。

我被迫穿著有奇怪味道的衣服睡覺，喝臭臭酸酸的水，那一陣子，連我自己也相信我真的是精神異常。

最後，雖然我也不知道自己究竟是沒有生病還是沒有痊癒，這件事始終會是個謎，但是我終於學會羅羅是一個無可避免的存在，只是千萬不能說給別人聽。

從某一天開始，我決定絕口不提那個小男孩的事情。一點點都不說。

於是爸媽放心了，麻煩減少了，我順利回歸到正常小孩的生活，無憂無慮地繼續長大。

我讓羅羅，那個調皮搗蛋，老是喜歡問問題和抱怨的小男孩，變成只在我眼裡，只有我擁有的小朋友。

什麼都沒改變，我們還是互相陪伴，只是遠離治療的折磨了。

羅羅跟我在聊天

「為什麼我一直六歲呢？」他問。

「為什麼我一直長大呢？」我反問。

今天是星期天的下午，我有點睏，但又捨不得睡覺，就怕只剩下一點點的開心假期，一醒來就什麼都不見了。

「妮妮，妳還相信晚睡的老虎嗎？」

羅羅問著。我搖著頭。

晚睡的老虎是媽媽在我們小時候，編出來的故事。她說森林裡有一隻晚睡的老虎，牠會在深深的夜裡，跑到都市來，看到還不睡的小孩，就會咬他的屁股。

「可能是妳眼睛不好的關係喔。」羅羅說。「晚睡的老虎經常來咬我，都是妳害的。」

他胖胖的手指指向我，我輕輕咬了他一口。

我說，我也不是要故意晚睡啊。

「那妳什麼時候要故意早睡呢？」

「像我這樣。」羅羅立刻躺下，發出呼嚕呼嚕的打呼聲。我笑了出來。抓著他的手玩。他看起來怎麼都沒有煩惱呢？

「其他的大人，都像我一樣，有一個小孩在旁邊嗎？」

「每個人都有啊，妳這個也看不到嗎？」

「嗯，看不到。」

「妮妮越長越大，眼睛越來越不好了喔。」

我點點頭，這件事情好像是真的。我一直點著頭。

六歲的羅羅覺得很寂寞

從妮妮的辦公室的窗戶看出去，可以看到太陽公公從雲裡面跑出來了，今天應該是很熱的一天。

羅羅跟妮妮說他想要喝水，妮妮要他等一下。每次當他感覺寂寞的時候，總是口渴得受不了。

妮妮在打電腦，她好像不喜歡玩也不喜歡笑了。羅羅有點害怕，這裡沒有一個人是想要遊戲的人。他找不到玩伴了。

羅羅只好坐在大大的辦公室厚厚的地毯上。沒有人看得見他，他從來不是很在意。這間辦公室有很多電話，每支都響個不停。羅羅隨著鈴聲轉著他的大頭，看見一些其他的小孩，有的坐在角落，有的慢慢地低頭走著。他們的臉都灰灰的，眼神不再守候自己的主人。

不行這樣。羅羅想著。

他趕緊過去牽著妮妮的手，跟妮妮說話。他望著妮妮，希望妮妮也會看著他。但他發現妮妮好像也看不見了。

羅羅曾經聽別的小朋友說過，這是一種可怕的病喔。通常是從漸漸地看不清楚開始，最後就會永遠看不見。

是眼睛的病嗎？他想，還是其他的地方？他不知道要找誰回答。

但妮妮一直看電腦是不是也會對眼睛不好呢？羅羅在她的椅子旁邊撒嬌，妮妮是不是也被這種病傳染了？

他心裡有好多問題。如果打針吃藥就可以好起來，他得趕快找到好醫生才行。

妮妮匆忙地把他的手鬆開，叫他走開一點。害羅羅忍不住就哭了出來。

妮妮一定是生了那種病。羅羅想著。他不能離開妮妮，他們是一起的，要互相照顧才可以。可是妮妮怎麼都不管他呢？

他看見妮妮在跟另外一個大人說話，妮妮的眼睛裡有一點生氣，但她的嘴巴在笑。妮妮最近變得很會假裝。

假裝並沒有用。病只會更嚴重。

不知道過了多久，天就漸漸黑了。

羅羅跟妮妮的一天，在互不搭理中，慢慢過去了。

二十九歲的我必須治療

不知道從什麼時候開始，每天早上，我都是用嘆一口氣醒來的。

我不是很確定自己是先嘆一口氣，還是先睜開眼睛。幾乎是同時的事情。

我的工作常常要出差，還好有羅羅陪我。

每次在機場的時候，我推著行李箱，羅羅坐在上面，我總會忍不住往書店走，買一本勵志的書來看。

這陣子羅羅老是說我生病了。我真希望那些書能治療我。

有時候，我讀著勵志的書，竟然會激動地掉下眼淚來。我不知道為什麼，但我就是難過，因為書裡說的話是多麼對，而我還是只能一直讀。

我曾經以為只要離開之前的那個公司，我就會治癒。我抱著不切實際的想法，以為我種種的不愉快，將會在踏入下一家公司時煙消雲散。我想我並不是真的了解自己，這幾年從學校畢業之後，我所做的，不過就是想證明自己是一個有用的人。

羅羅常常問我，什麼時候才能無憂無慮地玩？像以前那個樣子。

我跟羅羅說，每天有各種事情纏繞著我，大人的世界相當麻煩。

他仰起可愛的臉，問我為什麼。我不會解釋。他總是有很多的問題，當我回答不出來的時候，只能讓表情看起來很憂愁。

我想起自己開始上班，已經三年了。在這段時間之內，確實有些在我裡面的什麼，漸漸改變著。

真的要說是什麼的時候，卻總覺得有些具體的成分說不上來。好像是所謂嘻皮笑臉的東西從我體內開始流失了。並不是咚的一下全都不見，而是慢慢一天一天漏水崩塌，一秒一秒的油漆剝落，窸窸窣窣就開始慢慢有東西，從我心底的某個建築物陸續搬走的感覺。

現在只剩下羅羅一個人住在那邊了。

上個月，有個同事提醒我，員工健康檢查的時間在下個星期。從那天以後，我就開始在心裡幻想自己能夠被檢查出不治之症，或是任何很難纏的病，可以讓我有一個好理由可以辭職。我知道這樣想不正常，可是我無法停止這個幻想。

我想羅羅很厲害。不需要任何儀器檢查，他早就發現，我已經病了的事實。

一個很累的晚上

星期五很深的夜晚，帶著加班完的疲憊，我們拖著腳步，一起走在回家的路上。

「我擔心，妳就要看不到我了。」在巷口，羅羅小聲地說。

這是一種可怕的病喔。通常是從漸漸地看不清楚開始，最後就會永遠看不見。

我轉過頭，發現他正哭著，滿臉的眼淚鼻涕，樣子很傷心。

「是不是有一天，妳希望我變成透明的？」

他問我，我沒有馬上回答。

我不敢承認，我想過逃跑。

然而，到底該往現實的那個方向，一直跑到羅羅再也看不到我為止，還是回到最初那個我們一起快樂單純的童年？現在我還想不清楚。

「我只是希望你也可以長大，跟我一樣。」我告訴他。

羅羅才六歲，年紀還很小，他不明白怎麼反問我，為什麼是他可以接受我長大，而我卻不能接受他維持小小的？他只是著急地噙著眼淚，抓著我的手，在黑黑的巷子裡，盡量跟上我的腳步。

「我不會長大的，我就是這個樣子，妳只能看見我原本的樣子，」他頓了一下。「或是像其他人一樣，」他難過地說：「不管自己的小孩，把他丟掉。」

「我也只是長大了，要負責任，其他的事情都一樣啊。」

羅羅搖著頭。他知道我在說謊。我假裝一切都很好。

「妳一定要看醫生，妳生病了，生病的眼睛就沒辦法看卡通。」

羅羅用手背擦著鼻涕，讓我發覺自己的狠心。他小小的身體坐在地上不再往前走，而我終於停下腳步，放下手提電腦，暫時把他抱起來。

我想起回家以後，還要寫的那份簡報，主管對我的要求，社會對我的期待，那些一點一滴的壓迫，轉成一股沉甸甸說不上來的心情。

黃黃的燈光，把我們兩個合而為一的影子，映得長長的。

「妮妮一直賺錢，除了要養我還要養誰？」羅羅問。

「養我心裡一直在長大的害怕吧。」

連我自己都不敢相信，我居然在淡淡的矛盾裡，誠實地做了這樣的回答。

我明明是愛著這個女人的。
可是怎麼辦，望著她說出那些話，掉頭就走的背影，
我失去了挽留的力氣。

婚禮之前

三十二歲生日的這一晚，我選擇獨自慶祝。

我拿著一瓶酒走到浴室，脫下身上的衣服。

黏貼在鏡子上，是我和小芮站在東京鐵塔前的照片，我記得自己當時的笑容裡，正在計畫些什麼。

「我的人生，」我舉起杯子來，對著鏡子裡映照出的男人說話，「是個屁。」

小芮在一邊，隔著照片對著我笑。會不會終其一生，我們只能停格在那樣的框格裡了？

我光著身子，從上到下盯著自己看了一遍，再注視著她，視線開始變得模糊。

然後，我慢慢地坐在浴缸的邊緣上，喝了一大口酒，用低低的聲音哭。

星期天在浴室醒來。距離婚禮：四個小時

我頭痛欲裂地在地磚上爬行著，終於讓自己爬進浴缸裡。昨夜發生過什麼事情，就像從相機失焦的鏡頭看出去一樣朦朧。我打開水龍頭，拿起肥皂。今天要洗乾淨一點呦。我自言自語著。我把細柔的泡沫塗抹到肚臍下方，有點發癢。

小芮，我曾經交往十年的前女友，今天晚上，要結婚了。

新郎不是我。在這個故事裡，我只是個跑龍套的小角色。

我站起來，用滾燙的水沖洗著身體。我圍著浴巾走進客廳，又檢查一遍棕色紙袋裡的東西，它依舊安靜地擺放在裡頭。

我想，我準備好要去參加婚禮了。

十年的慶祝晚餐。距離婚禮：一年又三十五天

十年七個月，那是我和小芮從認識到相戀，總共加起來的時間。

十年前的我，二十歲，在學校的圖書館裡打工，負責一些借書還書的雜務工作。小芮綁著馬尾，穿著藍色短袖上衣，一邊翻著厚厚的大書本一邊低頭走進來。

「還書嗎？」我問她。

她抬起清秀稚嫩的臉龐，黑色的粗框眼鏡也藏不住她眼底的光。

「就是你！」她大叫的氣勢壓倒了排隊的人群，「我記得這個可惡的聲音！」好幾個學生的目光投向我，他們識相地讓開排隊的隊伍，小芮便有如大型坦克車向著我誇張的大步走過來。

「就是你！」在我還來不及搞清楚發生什麼事情之前，她就把重達五公斤的大書，用力丟到我的身上。

十年來，我幾乎每隔兩三個月，就會跟小芮提起這個烏龍事件。那是我們奇妙的第一次相遇。小芮每次都賴皮地說，我當時的聲音，跟那個老是無端打電話騷擾

她的莫名男子，實在是太像了，錯真的不在她。然後我就會壓低聲音，模仿地說著妳想我嗎？妳要我嗎？妳還書嗎？小芮總會笑得用手遮住紅紅的臉，然後用指縫裡的餘光戲謔地瞪著我瞧。

我還記得，事發後小芮深感抱歉，請我喝了一杯珍珠奶茶。我們一起坐在河堤旁邊，她問我，「既然認識你，以後借書可以不用限制歸還日期嗎？」我說，「妳乾脆連借都別借，直接拿出門不要回頭，我不會舉發妳的，只要不要隨便拿書丟人就好。」

她笑起來左臉有一個淺淺的酒窩，我覺得很難抵抗。

十年的時間就這樣過去了。今天，我們約好要慶祝交往的十週年紀念日。我開著車，車上放著大學時代的流行歌，去醫院接她。

小芮特地穿了一件粉色小洋裝，但臉色看起來很沉重。她告訴我，醫生說媽媽身體裡的癌細胞，跑到不受控管的地方去了，這下子誰也不知道會發生什麼事。

「就像跑到公海一樣喔，要做什麼殺人放火的事情都沒關係。」

小芮說著話，眼眶濕濕的樣子，像隻找不到路回家的小動物。我只好把她拉近身邊，讓她的額頭輕輕地靠在我的胸前。無聲的寧靜呼吸中，參雜著病房消毒酒精的氣息，我的腦海裡突然閃過想娶她回家的強烈念頭，我想要照顧她。畢竟，她的母親也需要我這樣做。

一週的黃金假期，距離婚禮：十一個月

利用剛剛到手的年終獎金，我計畫了一個浪漫的東京旅行，準備向她求婚。

我草擬了一段求婚詞，在鏡子前反覆背誦，希望自己能在那天表現得好一點。

「親愛的小芮，我滿心感謝那老是在夜裡打電話給妳的無聊男子，要是有他的聯絡方式的話，我們的婚禮，應該要請他來當媒人才對。」

旅途中，我們看了很多風景，吃了很多美味的食物。但一路上，小芮有時候看起來心事重重。她總是抓緊時間打電話回去，我知道她不習慣離開住院的母親，於是我盡量用一些傻話逗她開心。

在東京的最後一晚，我特地安排了一間能欣賞全市區夜景的高樓層房間。熱熱的茶碗蒸吃完前，我慎重地把藏在口袋裡的戒指拿出來。

小芮看著我，接著哭了。

我望著自己深愛的女孩，把她驚喜的眼淚視為一個好的徵兆。

我深吸一口氣，準備開口說出那段精心設計的臺詞：

親愛的小芮，我滿心感謝……

小芮卻左右搖著頭，用雙手摀住她的臉。

「在你做出任何決定前，我有事情想先說。」

她花了十幾分鐘，斷斷續續地把話說完。

我瞪大了眼睛。

辦公室，距離婚禮：六個月

求婚之旅的那一夜後，我們平靜地協議分手。每天下班回家，我都希望能看見小芮像往常一樣窩在沙發上睡覺，結果都落空。

後來整整五個月，我跟她失去聯絡。直到一個中午，她打電話到我辦公室來。

「可以出來走走嗎？」小芮說。

望著成堆的文件報告，雖然老闆還坐在他的小房間裡等著我，我還是說好。

「約哪裡見面呢？」我問，小芮接著說出了我心裡想的地點。

我們來到臺北新穎的兩棟建築大樓中間，享受著強勁的風擦身而過。小芮靜靜地走在旁邊，因為強風，她的聲音變得微弱。媽媽身體很不好。她說。我在旁邊點點頭。

「妳跟吳先生最近好嗎？」我問。她轉過頭看著我，眼底有滿滿希望我諒解的渴求。我們沉默了一陣子。

「為了完成媽媽的心願，我們決定結婚了。」

風讓我突然聽不見她的下一句話。

恨她。距離婚禮：二十五天

小芮將幾張婚紗照上傳到她的部落格，她的婚禮正緊鑼密鼓地籌備當中。不知道為什麼，上班的時候，睡覺的時候，我無時無刻都聽見咚咚咚的鼓聲，在我心裡敲著節奏。部落格上恭喜的留言此起彼落，沒有人看出其中的破綻。

你準備好了嗎？我壓抑著情緒問著自己。

剩下時間不到一個月了。這一次，我不能再粗心大意，再錯失良機，我沒有那麼多時間。

有時候，我怪自己不夠疑神疑鬼，沒有偷看她的簡訊；沒有在她對我特別好的時候，查看她當天的行事曆。她總是在跟吳先生一起去爬山回來後，會在浴室裡唱歌，這點我也沒有放在心上過。

蜜月旅行那天晚上，她說另外那個人，給她不一樣的感覺，她不能確定那是什麼，但她確定她沒有辦法帶著這份感覺，繼續跟我在一起。她背叛了我，她要我看清楚她是這樣的人。

「你明白嗎？跟你在一起的時候，我就像是你養的小動物，被放在小窩裡。」

「你明白嗎？那不是真的愛，那只是表演。」

小芮在過程中問了好多次，你明白嗎？

我瞪著她，右手還握著戒指盒，掌心正微微出著汗。

如果白雪公主跟白馬王子說，「其實在我的世界裡，你其實一直都是小矮人喔。」

這樣有人會明白嗎？

那天晚上，我們躺在豪華的雙人床墊上，中間隔了一道牆。

從那天開始，只要想到她的臉，我就一點點都睡不著。

她說的話傷了我的心。

你明白嗎？那不是真的愛。**那只是表演**。

我不得不承認，因為讓我顏面盡失的關係，我有點恨她。

陰雨綿綿的醫院。距離婚禮：一個月又十一天

醫院白晃晃的日光燈下，護士推著輪床，談笑地走過。

一個穿著灰色西裝外套的人出現在我眼前，她是小芮的未婚夫吳先生。

時間總是那麼湊巧，我正準備進去探望小芮的母親，而吳先生便從病房裡走出來。我們兩人在中途的護理站相遇，她對我怯生生地說了一聲你好，我一邊咀嚼她聲音中關於女性特有的細節，一邊抽動嘴角跟她打招呼。之後她再也沒有開過口說話了，她只是在一旁直挺挺的站著，然後趁沒有其他人注意時，偷偷吞一口口水。

對了，小芮的未婚夫是個女的。我提過這件事嗎？

在跟小芮交往的最後一年裡，我總共看過她十三次或十六次。

那時候我都叫她小吳。我跟小吳碰面，大多是她順道來接小芮去上班，或是送小芮回家。她是小芮公司另一部門的同事，她們在某次員工登山活動時認識。

「小吳是公司裡的運動健將喔，跟她同組比賽，都會得冠軍。」小芮有次得意地告訴我，「小吳昨天跟我說了一件超好笑的事，你想聽嗎？」

我當時只是點點頭，什麼都沒有會意過來。

是不是男人都是這樣？當我還是小芮男朋友的時候，其實並不太在意小芮每個**女性**朋友發生的事情。小芮提起她的時候，眼睛裡帶著的笑意，我都認為不過是一些爬山時發生的好笑事情罷了。我很多時候也挺喜歡聽她講小吳的事情，然後我也會加油添醋的說一些我公司裡的同事的趣事。這樣的天真，說實在的也算情有可原。

我早該知道，小吳不是一個尋常的人。她開著深藍色的小越野車，她穿的衣服顏色都是我喜歡的。當我站在小芮身邊時，她的眼睛注視著我，總含著說不出的意味。我怎麼現在才發現呢？她其實是一個住有男性狂野靈魂的高挑纖瘦女性，而且在各個方面，都比我擁有更優越的男性品味。

我甚至第一眼就喜歡她今天身上的外套。我站在護理站旁，感覺酸澀的痛苦在眼周蔓延開來。

我不再叫她小吳，我改叫她吳先生。

小芮的母親吃完稀飯，便沉沉地睡去了。昏暗的房間裡，剩下兩位親友，是小芮的阿姨跟表姊。他們也因為我們兩人的同時存在，感到些許的壓力。

沒有人敢提到即將到來的婚禮。

我知道一些你的把柄。你最好尊敬我一點。我看著她，知道自己可以如何捉弄她。那笑意又升了上來。

「吳先生，」我刻意壓低嗓音，試圖展現男性嗓音的低沉特徵，「恭喜妳。」大家焦慮的目光投射在我的身上，我於是伸出疑似友誼的右手來。

小吳把頭一直放得低低的，她尷尬地伸出細軟的右手掌與我交握，我對她笑得放肆。

只有我知道，那婚禮不可能會順利進行。

另一個女人。距離婚禮：三個月又五天

週末的時候，我跑去找了另一個女人。

她是負責我公司的廣告業務，我們時常一起開會。

我裝模作樣地打電話去約她吃飯，又在她租屋的門口假裝尿急。她打開門讓我進去家裡時，身體搖搖晃晃地，我知道她有點醉了。

一進房門，我就抓住她的脖子，像野獸一樣地啃她。她問，你不上廁所了嗎？我幾乎是用蠻力扯下她桃紅色的上衣。

總而言之我很不要臉地佔了她的便宜。

或許是精力發洩殆盡的關係，夜裡，躺在那女人身邊的時候，她均勻的呼吸聲把我的理智帶了回來。我思考著這個陌生的女人，她身上將會帶著我的味道；她會記得我接吻的方式；她的腦中將可以隨意播放我那些床上蹩腳的招數。那些本來我只讓小芮知道的事情，現在都沒有地方可以擺放了。我因為這樣而默默難過起來。

我閉上眼就能看見小芮，看見她黃色的洋裝裙襬，在炎熱暑假的微風中搖晃。

我打開宿舍的門，她梳了一個高高的馬尾，露出飽滿的額頭和鎖骨，室友立刻識相地從電腦前離開出去吃飯。

今晚的小芮看起來特別漂亮。她放下包包，順勢拿下眼鏡放到旁邊，我一轉身，她已經坐上我的書桌。她輕輕地對我笑，我有點不好意思地抓抓臉，她的肌膚透著粉紅色的光。閃動著一些暗示。

我立刻湊過去親她。我沒有那麼傻。

後來的事情發生得很自然，我把她的馬尾解開，揉著她的長髮。小芮有時候會把眼睛閉上，我則是在整個過程中都張開著眼睛。她沉溺著的表情很動人，我無法不盯著她看。就這樣隨著視線我吻了她的唇，她的肩，她的胸部，她的肚臍，我沒有猶豫地想要她，她抓緊我的背，那個力道，我一直都還有感覺。

她不可能是喜歡女生的。

就在隔壁的女人熟熟睡去的時候，我下定決心，要把我的女人要回來。

證據。距離婚禮：三個月又四天

隔天早上睡醒以後，那女人替我做了早餐。

我虛偽地伸了一個懶腰，假裝睡得很好。她溫順地看著我，我知道自己錯得離譜了，便又親了那女人一下，說會再打電話給她。在她打算回吻我的臉頰時，我跳下床，順勢抓起腳邊的褲子。她給我一個風情萬種的笑容，那笑容發自內心。她提醒我星期一早上的會議。

「我們會再見面唷，一起吃中餐好嗎？」

我敷衍地說我們再約吧。她要我之後打她另一支手機的號碼，我聽見她嘴裡念著一組新的數字。我沒有辦法再看著她。

「私人專用的喔。」她俏皮地說。

該死，我不再被歸類成她的客戶了嗎？我重複了一遍那數字，假裝自己有記在腦子裡。我用左手壓著自己的眉心說了再見，便往門外走。那是我說謊時良心不安的下意識動作。只有小芮知道。

走在回家的路上，我花了五分鐘反省自己的荒唐行為。之後就把一切拋到腦後了。我花了更多時間想著小芮。不知道哪來的自信，我越想越覺得她應該會願意回到我身邊才對。

證據一：小芮離開以後，搬到距離我工作地點附近的一個小房子，不過十分鐘的步行距離。

證據二：她連電話號碼也沒換，我知道她在等我打給她。上次我打電話時，只響了一聲，她就立刻接起來了。

證據三：她有祝我聖誕節快樂。用簡訊。

我知道，只要我先開口，她就會承認之前的決定是個噩夢，她有時候做事就是這麼衝動，但又非常固執。

我撥了電話號碼，她沒有接。電話裡傳來她的聲音，哈囉我是小芮，請留言。她的聲音就像個心情很好的少女，和我第一次見她的時候一樣。

電話傳來嘟的一聲，便開始記錄留言。小芮，請回來好嗎？我彷彿聽見一個雙腿跪下的俘虜，發出飢渴的哀求。我突然想起自己應該扮演一個事業有成、英姿煥發的前男友角色，只好趕快把電話掛掉。

花了一個半小時，我走到她家樓下的ＤＶＤ出租店。我點了一桶爆米花，默默地吃著，像個迷路的孩子，等待媽媽的出現。

一直以來，我都很擅長等待，我可以對著一大片空氣，在不認識的人群和他們的交談中，只是安靜的呼吸。我以為我可以把分手處理得很好，可是我需要她。我需要有一個人可以讓我在乎，我需要她跟我一起體驗我們的未來。我幻想過我們的孩子，我幻想著她有小芮的眼睛，我的牙齒。

如果她不回來，我怎麼處理接下來的人生呢？

小芮那天沒有出現，她後來甚至把電話也關機了。而那家ＤＶＤ出租店，我連續又去了一個星期。

朋友的建議。距離婚禮：兩個月又十八天

我跟小芮分手這件事，只有我公司的同事阿奇知道。

他說我這陣子在晚上變得相當有空，讓人有點懷疑。

後來，他從一個廣告業務妹妹的口中得到了證實。世界真小，私底下阿奇竟然跟我一夜情的對象算是有點認識的朋友，真讓我捏一把冷汗。他告訴我，幾個星期前在酒酣耳熱中，她像個小女人般，害羞地承認我們交往了，還一起過了一個熱情的夜晚。

哎唷，真要命。

「哈哈，當時我就想，如果小芮還跟你在一起，你應該不會搞成這個樣子。」阿奇一邊笑得邪裡邪氣地，一邊拍著我的頭，做出一副同為男人可以理解的表情。

我覺得腦袋發脹，痛得不像自己的頭。

用告解的口氣，我跟阿奇說了所有的事情。從頭到尾，他只發出了一些嗯嗯喔喔啊啊的語助詞，他完全無法相信事情的發展，竟是朝著這樣瘋狂的方向去。我看見他不時吞著口水，表情僵硬。你這樣明白嗎？我問。他則表現得跟我第一次聽到的時候一模一樣。完全性的不明不白。

「你是說，你活生生被一個**人妖**幹掉了？」

阿奇講出「人妖」這兩個字的時候，嘴巴張得好大，牙齦全都露了出來，讓我聯想到一匹卡通模樣的馬。

說吳先生是人妖並不精確。我點點頭又搖搖頭，帶著苦笑和幾乎測量不到的一滴滴尊嚴，試圖繼續解釋下一段為什麼我會跑去找我的廣告業務上床的事，不過說實在的，其實連我自己也不清楚。

但他再也聽不下去了，他立刻正對我的臉，伸出了右手，阻止我繼續說下去。

「等等，老兄。」他說，「我們先回到剛剛那件事。」

我停下來看著阿奇。我還沒有勇氣告訴他，睡完一個女人（而且是他的朋友）以後，其實這幾天來，我都像個孬種一樣跑去小芮家樓下，好像癡情種子一樣等著她回頭。

「沒什麼好多說了啊。」我說，接著忍不住用左手搓著眉心。

「你打算怎麼辦？」他問。

我笑得更苦了，我沮喪地雙手舉起，表示投降。

阿奇低頭拿出他的皮夾。

「這個吳什麼的傢伙怎麼可能是正常人？」他喃喃自語地翻著混亂的鈔票跟信用卡，從裡頭抽出一張名片。

「什麼意思？」我問。

「你還愛著小芮嗎？」阿奇抬起頭來，目光炯炯地注視著我，表情嚴肅。

「什麼意思？」我又問了一次。

他把一張白底黑字的名片遞了過來。

我看了一眼，上面寫著，**廖正啟。資深專案經理。天揚徵信社**。

「派人去查一查。」他越過桌子拍了拍我的肩膀，斬釘截鐵地說。

妳確定嗎？距離婚禮：一個月又十天

那一天我喝醉了，醉到自己是怎麼爬上樓梯進了家門的都想不起。

整個晚上，我的休閒活動，便是在家裡扶著馬桶，天昏地暗地吐了滿身。

昨天小芮在醫院告訴我，她跟吳先生打算先訂婚，因為媽媽病得很重了，可能不能再等。

妳們光是結婚還不夠荒謬嗎？

我感覺氣憤跟委屈像雞尾酒一樣混合出一種特別的味道。

「妳確定嗎？」我問她。我一想到吳先生要打扮成新郎的樣子，就覺得一肚子噁心。

小芮嘆了一口氣，像往常一樣不願意把真實的情緒說出口。

「妳真的了解她嗎？」我試圖讓聲音更真誠一點。但我想起自己當時想跟小芮結婚時，我也不是很了解她。

「媽媽最放心不下的就是我，」小芮說：「我想訂婚這件事能讓她安心。」

我想自己就是在那個時候，決定晚上要去喝酒。

「你會來嗎？」小芮問。

「這麼精采的事，我可不想錯過。」我一面重複按著醫院的電梯鈕，一面酸溜溜地說。

資深人士。距離婚禮：兩個月又六天

我跟廖姓私家偵探，約在一家日式料理的餐廳裡。

在開車過來的路上，我把玩著那張名片。這年頭真奇怪，連徵信社都開始有了像公司營運的組織架構。這位廖先生還是一位資深經理呢。

見面前我幻想了幾個他的長相，但最後沒有一個命中。廖先生的個頭不大，理著乾淨的小平頭，穿得很像保險業務員，坐在我們約好的座位上。

我坐下來，兩個陌生人，為了用意不明的目的而對看著，那氣氛不能算是很融洽。

幸好適時地服務生走了過來，將菜單遞給我們，讓我可以稍微喘一口氣。

點完餐後，廖先生便很客氣地切入正題。他的開場恰到好處，我很感謝他沒有提出任何像是「請問你主要是想抓姦還是害人」這類尖銳的選擇題。我一定會逃走的。

「所以，您是想要什麼樣的協助呢？」

我支支吾吾地把過程講了一遍，廖先生像個記者，打開筆記本仔細地記錄著。

他偶爾會打斷我的話，追問一些細節。

我這才發現自己其實對吳先生的身家背景知道得很少，於是我提供了小芮的資料給他，當我說出小芮的姓名，地址和電話時，嘴唇都不自覺地顫抖。

「所以，您想調查些什麼呢？」廖經理確認著。

我意識到他的口頭禪是用「所以」來開頭的。

「我想……嗯……」我清了清喉嚨，覺得又乾又渴。他體貼地把茶杯裡的水斟滿，推到我面前。

「我只是想知道吳先生，是不是一個正直的好人。」我吞下一口水，盡量用正義凜然的口氣說。

「請問所謂好人的定義是怎麼樣的呢？」

廖先生依然非常客氣地問著，我卻發現這個問題我答不上來。好人……應該是像我這樣的人吧。我在心裡想著，又立刻覺得太可笑了。

為了給我一點顏面，廖先生沒有繼續再追問下去。但他在簿子上又寫下一些字。我看不見。

他說，如果可以的話，他想要一張小芮的照片做為調查時的比對資料。

我遲疑了一下，並不是很想讓他看到我的小芮，但最後我還是伸手進口袋拿出手機，並且打開裡面的相片檔案。

嘿，堅強一點，都走到這個地步了。

「你不會傷害她……們……吧？」我發現自己有點猶豫，但我還是希望「她們」都不會因此受傷。畢竟我也不到狼心狗肺那樣的程度。

廖先生笑了笑，用厚實的手掌拍拍我的背。

「請放心，我吃這行飯很久了。」

我點點頭，畢竟到目前為止，他說話的語氣，就像個不折不扣的資深經理。

再見。距離婚禮：兩個月又二十八天

如同先前的六個晚上，今天晚上，我買了瑞士巧克力冰淇淋，又點了一桶爆米花，在小芮樓下的ＤＶＤ出租店裡，裝模作樣地挑選影片。

六十坪的店面，只剩下我跟一對依依不捨的高中情侶。時間已經逼近十點鐘。店員開始掃地，我已經吃不下任何一口東西，畢竟我已經這樣吃了一星期，而這家店的每一部影片的位置，我都倒背如流了。

我抹抹嘴，把爆米花塞到包包裡收好。或許，我應該把所有東西都好好收好。我想每件事情都有一個到此為止的時刻。

然而，就在下一刻，那玻璃門外，我看見那個穿著橘色長洋裝，綁著高高馬尾的女孩，正打算從外面走進來。她一個人，腳踩著平底綁帶涼鞋，輕鬆自在地推開門。

「還有營業嗎？」小芮問著。店員點點頭。那聲線就像溫柔的陽光，輕輕灑進了這家夜晚的小店。涼鞋上白色的細帶把她的腳踝襯得好美，我整個人呆住了。

我躲到動作片區裡，隔著櫃子看著她。她專注地在經典劇情片那塊區域裡翻閱著，我覺得她在翻的是我的胃。我順手拿起一部片，「關鍵下一秒」。我看見她也拿起一部，片名是「神鬼交鋒」。Catch Me If You Can。

突然，我的手機響了，傳出小芮的聲音。接電話喔～接電話喔～

真糟糕，我一直捨不得把她之前錄下的來電鈴聲換掉。

她抬起了頭。我看著她。電話還響著。但時間，停留在我們兩人的目光之間，無法動彈。

我想小芮一定會回來我身邊。

證據四（並且是最強而有力的證據）：

她沒有任何猶豫，直直地往我的方向走過來。

瘡疤。距離婚禮：一個月又十九天

電話鈴聲響起時，我正在刷牙。但我只讓那鈴響了兩聲，便快速地衝往客廳接起來。**或許是小芮打來的**。

聽到是廖先生的聲音，我覺得有些失望。他約我見面，討論初步的調查結果，我騙他說我有事，不如先在電話上談談吧。

他立刻開始一五一十地報告起來，我將電話轉成擴音狀態，繼續拿起牙刷刷牙。他說在過去幾個星期裡，他分頭查了吳先生的銀行信用狀況，過去家庭背景，發現幾個值得深入追蹤的地方。

第一，她是大學中輟生，卻謊報大學學歷，因而得到現在這份工作。

第二，她有過一段短暫的婚姻，曾跟先生拍過一組性愛照片，先生現在願意以十萬元賣出。

第三，她在四年前曾與另一個女生同居，但遭雙方家人強烈反對而分手。她生在一個軍人家庭。

我皺起了眉頭。新牙膏的泡沫味道，讓我覺得想吐。

廖先生接著分析，若要再進一步，可以往以下方向著手：掀出吳先生的大學學歷假造，應可讓她丟掉工作；取得當年她的裸露照片，進行談判；或者，將她即將結婚的消息透露給她保守的原生家庭，增加阻力。

誰沒有過去的瘡疤呢？其實我不知道該如何才好。

十萬塊我是有的。想了五秒鐘以後，我問了匯款號碼。

「謝謝你，請先把資料寄來，我會再跟你聯絡。」

我掛上電話。我的牙刷呢？

訂婚儀式。距離婚禮：一個月整

訂婚儀式只是一個簡單的親友聚會，在安寧病房旁邊的一間復健室裡舉辦。

小芮的母親已經從最後一次化療的摧殘中，漸漸復元過來。她臉上帶著健康開朗的紅潤，頭頂也開始長出微微的細毛，但小芮依然堅持要在婚禮前辦一場小儀式。

「癌症可不像你想的這麼親切喔。」她在電話裡跟我說。

我聽說她的母親已經結束所有治療，準備住進安寧病房。時間滴答滴答地響著。她必須確保母親看見她幸福美滿的樣子，越早越好。

下午，我若無其事地帶著一盒巧克力冰淇淋蛋糕，走進醫院裡布置溫馨的小會場，看見小芮穿著一身紅，跟吳先生手挽著手，向不甚熟識的病友們點著頭。

我捏緊剛剛收到的牛皮紙袋，我把所有的資料，都裝在這個棕色的袋子裡。裡面有吳先生的假學歷，與男人的春宮圖，以及她還是女孩模樣，穿著裙子跟士官長父親站在一起的照片。廖先生辦事真是有效率，他連吳先生父親在鄉下的家裡電話，都一併附上了。

「你真有風度。」小芮的母親坐著輪椅向我靠近。

現在，就是現在，時機到了。

我緊張地說不出話來，趕緊彎下腰握著她的雙手。她似乎還想說些什麼，但臨時也想不出下一句話的內容，於是我們就微笑著，靜靜地保持相同的姿勢。

大聲地把人群聚集過來，然後打開紙袋。

「這是小芮的福氣，」伯母拉了拉頸上的圍巾，「有你這麼疼她。」

我用力點點頭，避開任何眼神的接觸。我看見小芮，看見吳先生拉著她的手。只要一秒鐘，我就能改變這一切。我要讓小芮知道，她是我的女人，我是她的男人。這層關係牢不可破。

現在就把資料拿出來。我在心裡對自己吼叫。

「小吳也是個好男孩，就是話少了點。」小芮的母親試探性的問著：「是這樣沒錯吧？」

請問所謂好人的定義是怎麼樣的呢？

無來由地，我腦中聽見廖先生問著這樣的問題。

你明白嗎？那不是真的愛，那只是表演。

無來由地，我彷彿看見小芮說著這樣的答案。

我扶著小芮的母親肩膀，「恭喜、恭喜。」

我想自己最多，就只能說這麼多了。

最後一次。距離婚禮：十五天

在ＤＶＤ出租店見了三次面以後，我爬上樓梯，走進了她們的家。

我不知道自己為什麼堅持要去她們的新家參觀，或許在心裡的底層，我想要摧毀對方的城堡，插上自己的旗幟。用一種幼稚而天真的方式。

小芮泡了一杯咖啡給我，我拿著溫熱的杯子，在她們的私人區域裡走來走去。像隻伺機而動的獵豹。

「吳先生今天不回來嗎？」

「最近她要加班趕設計圖，總是過了午夜才能走。」

「喔。」

我不再說話，她們的書架上，有我當年送小芮的彩色玻璃相框。小芮跟吳先生穿著厚重雪絨衣的合照，感覺怵目驚心。

小芮從後面靠近。我聞到她身上的氣味，放低了語氣。

「妳換了新相片？」

「沒有啊。」她伸長了手將相框拿起來，她身體的柔軟部分，擦過我的左肩。

「一直是放這張的，你忘了嗎？」

我再也受不了了。

下一秒，我轉過頭將她抱住，往牆上靠。小芮沒有掙扎，她回應著我，甚至將我的襯衫釦子打開。我聽見她的喘息，我急促地想要說服她，用男人粗野的姿態。她不可能是喜歡女生的。

我將她的裙襬撩起到腰間，在擠壓中，她的內衣肩帶滑落，一邊的胸部裸露出來。頓時那些家中的擺設天旋地轉。我吻著她，把我想說的話，都放進她的舌尖裡，她知道嗎？她是我的世界中，最值得珍惜的一件事。

我們激烈地做著，最後在她的淚水中停下來。「沒事，」她說。她的眼中滿是虧欠的眼淚。那一刻我終於明白自己是永遠的失去她了。「繼續吧。」她請求著。她咬著嘴唇的委屈模樣，依舊那麼動人，我們緊緊地相擁著，我心碎了。

「沒關係。」我停下來。將自己的手從她的乳房上移開，幫她把肩帶拉好。房子裡冷氣運轉的聲響竄進我耳裡。不管她想償還什麼，我都不要了。

「沒關係。」我再說了一次。而下半身的種種衝動，已經消失無蹤。

婚禮現場。距離婚禮：三十分鐘

「這種場面真不錯呦。說實在的，這回你領多少錢？」

一個中年男子鬼鬼祟祟地靠過來，沒頭沒尾地搭著我的肩，問了這句話。我搞不清楚他話裡的含意，他身上過濃的香水味，薰得我鼻子根部都發痛。

「什麼東西多少錢？」我不明所以地問，將紅包袋交給接待的小姐，拿起麥克筆準備簽名。

中年男子好像突然意會過來什麼似地，他把手收回來在肚子上搓著。

「所以你是真的親友嗎？不好意思、不好意思。」

當我還想多說些什麼時，他已經一溜煙地不知道跑到哪裡去了。

我走進新娘房時，小芮已經換上馬甲造型的白紗，畫上紅潤的唇色。裡面有幾個穿著高雅旗袍的婆婆媽媽，正興致勃勃地稱讚著她。可能是現場的過亮的燈光，讓我有點張不開眼睛。

她對我招招手，我只好鼓起勇氣往前走。

我們對看著，彼此客套地笑了一陣。為了化解尷尬，我只好用剛剛詭異的遭遇當作開場白。

「剛剛在接待處遇到個男的，說了一句很奇怪的話，問我領多少錢……」

不知道為什麼，髮型師的表情突然有點僵硬，她低下頭用電捲棒猛繞著小芮的髮束，動作加快很多。

「能讓我跟這位先生單獨說一下話嗎？」小芮問。

然後所有人便好像遙控機器人一樣，一致地迅速離開了。

「剛剛那些人是吳先生的家人嗎？」我轉著頭，故作輕鬆地問著。想起吳先生的軍人家庭背景，不知道為何，一股尿意竄進我的身體。

「不是。他們不是。」小芮抿著嘴唇，我知道她正打算說出一些我原先不知道的事，直覺告訴我，那可能不是非常值得期待。

接著她深吸了一口氣，壓低了聲音。她說，小吳的父母不會來，他們家裡很保守，不可能接受這樣的婚禮。

「喔。」我說，除此之外我不知道自己還能說什麼。事實上，這一切廖先生也都跟我說過了。

「但今天人還滿多的？」

「他們不是親友。至少之前之後都不是。」

「喔？」

小芮停了一下，她輕輕地搖著頭，眼睛緊閉了幾秒以後，才緩緩睜開。

「我請了一些……臨時演員。嗯，臨時演員。他們扮成客人，來參加婚禮。」

「啊？」

我發現自己發出的音量很大，小芮點了點頭，確定我聽到的沒有錯，她的頭卻是低得不能再低了。

「你會看不起我嗎？」沉默了一陣子，她抬起頭問我。她紅色的唇妝，已經被她咬掉一半了。

「你看我為了一個婚禮，做了這麼多匪夷所思的事……」

其實我也做了不少奇怪的事。

我壓緊裝著**那些資料**的袋子，棕色的袋子沉甸甸的，裡面全都是精采的照片。

此外，我還騙了一個業務上床，儘管我一點都不喜歡她。

我握著小芮的手。坦白說，在這場婚禮中，誰都沒有資格去看不起誰。

婚禮開始前

一位接待員領著我入座，我感覺人生已經不能再以別的形式，更加荒謬地展現了。我將頭轉來轉去，那些男方的親友們正互相寒暄著，場面很是熱絡。假的外公牽著假的外婆的手；新郎的假弟弟是今天的伴郎，他幫著假爸爸倒茶；坐在一邊的假媽媽正和旁邊的人分享著吳先生的婚紗照片，連假的三叔公都到場了，他撫著肚子，笑得很開懷。

我看見坐在主桌上，伯母瘦小的身影。今晚她穿了件紅色的大棉襖，不是太合身，但還是精神奕奕地微笑著。我對她揮揮手，用嘴形跟她說了聲恭喜，她抬起頭來，也對我點點頭。

我想起她曾經問我的那句話，小吳是個好男孩，是這樣沒錯吧？

一時之間，立刻有什麼東西噎住了喉頭。

「您的位子到了。」接待員說，我只好讓自己坐下來。

有一個還算年輕可愛的短髮女孩，坐在我旁邊。她身體上有水果香香的味道。

但我需要消化的大量資訊，正翻天覆地壓在我胃裡，導致我沒有心情去看見任何具有希望可能的東西。

「今天一整天，天氣好好。」女孩開了個話題，她小小地抱怨著：「氣象播報員還說會下大雨。」

我轉過頭去看她，從我的視線高度可以看見她衣服下胸部的形狀。但我更想要探究她是不是另一個臨時演員。小芮剛剛告訴我，今天來參加的賓客，那些吳先生的家人和同事，都是假的。

她對我描述了自己是怎麼透過婚禮祕書找到這群演員。這些人大多數是兼差性質，但對演戲都有點興趣。接案的時候，他們是以場面的難度、需要事前準備的多寡跟現場實際發生的時數來估價的。

小芮說，這群人是老班底了。他們彼此都有些認識，因而特別擅長這類型的場合。他們扮演的角色千變萬化，包括溫柔美麗的情人，幸福美滿的老婆，唯命是從的下屬，全心支持的父母。

關於婚禮、喪禮、同學會、家庭聚會，誰都夢想有專屬於自己的完美組合。

「聽說他們在節日總是特別忙。」小芮回頭看看門口，確定外面沒有人。遠超過我的想像，原來這個看似相安無事的社會裡，對於這樣的演員需求量，並不是太少。他們才是真正的化妝師。

「你總共花了多少錢？」我問。

小芮沒有正面回答，她整整我的領帶。

「幫我個忙，把戲演完吧。」她嘆了口氣說。

賓客陸陸續續將我坐的這桌填滿。投影機正播放著影片，在白色的大屏幕上，我看見吳先生的父母，甜蜜地牽著對方的手，給予兒子栩栩如生的祝福。我看見螢幕上輪播著小芮的成長過程照片，她從一個小女孩，變成現在這個樣子。我參與了其中很多的部分，那感觸變得很深很深。

攝影師手拿著錄影機走了過來，問我有沒有話想對新娘說。那棕色的袋子已經平躺在椅子下方，但我的眼睛還離不開螢幕，輪到小芮的母親說話了。

「媽媽只希望妳能快樂幸福……」

此時燈光暗下，熟悉的婚禮進場音樂響起，將我帶回現場。大家都期待地轉過頭去，灼熱的聚光燈從遠方射出一個光圈，投映在布滿粉紅色氣球的入場處。

在那灼眼白光圈圈裡的，是我渴望已久的新娘。

遇到這種不得已的事，不能因為恨或是怕丟臉，就不去面對喔。
想到底，就算不面對，也補償不了這樣的殘缺。

雙手萬能

親愛的爸媽，我是家寶，你們好嗎？

我很好，正想念著你們呢。

今天一大早，郵差寄掛號來的時候，猛按電鈴，把我們全家都嚇了一大跳。我想起前幾天哥哥問過，從美國寄來的東西收到了嗎？便趕緊簽了名收下。我把爸媽都聚集在哥哥的房間，在他們面前慎重地拆開包裹，是一卷黑色的錄音帶。

我們看著錄音帶，愣了五秒，接著爸爸問我，有什麼重要的事情，哥哥得用錄音帶這種方式來講，我搖搖頭，媽媽則是把櫥子裡的音響搬出來，電線不夠長，接上電源的音響只好沉甸甸地抱在爸爸懷裡，他站在插頭旁邊，看起來像個糾察隊隊長。我把錄音帶放進去，按下開關，三個人對望著等待，音響轉了一陣子，才傳來沙沙的、屬於哥哥的聲音。

1

其實沒什麼大事，只是有空，突然就想跟你們說說話，我想，這話可能一講，就得講很久，我那邊想邊講的習慣，還是改不過來。不如就錄音省點電話錢吧。

我在這裡已經漸漸習慣了，來了個新室友，是個土耳其人，他說，他才剛來，就很想家。

過了這麼多年，對丁家寶來說，今天晚上是個適合回憶的夜晚，他把暑期報告的檔案關起來，輕輕地吐了一口氣。老舊木質的桌面上，放著他嶄新的小學畢業典禮照片，他特地走了十二條街才找到一家照相館。讓他不禁懷疑，現在的人都不沖洗照片了嗎？

雖然丁家寶一個人在宿舍裡，但有了這張照片，好像畢業典禮的熱鬧味道，就能用某種方式，從裡面飄了出來，丁家寶把頭靠近相框吸了幾口氣。他想，不知道是因為那天太陽很大，還是快樂氣氛洋溢滿布的關係，照相時他沒睜開眼睛，看起來特別傻氣。兩邊是年輕一點的爸媽，牽著他的兩隻手的畫面，三個人站在一排，笑得得意極了。

什麼時候我的手就不再被牽過呢？丁家寶歪著頭想了一想。一切事情的前後順序都很模糊，於是他搖晃地站了起來，靜靜地望向窗外。

他總覺得，紐約的天空裡，有一種不可思議的高度。記得那時候他才十二歲，小時候的夢想是變成一個全能的超人，可以很帥氣地在城市上方飛來飛去。但後來，現實的外力將一切都打得支離破碎以後，超人就飛到一顆不能奢望的星球上，回不到地球來了。故事就停在這邊，對誰來說，這都不算是一個英雄故事應該有的完美結局。

爸、媽。丁家寶又坐回桌前，他低聲喊著，**爸、媽**。然後輕輕用鼻子擦過照片的中間。

2

我想起自己最想家的那一段日子，是我第一次住院的時候，你們記得嗎？那一陣子我經常發高燒，手指末端也總有麻痺的感覺。有天下午，全身燙得就像要自己燒起來了，我被學校送到急診室，醫生說我要住院，再做更進一步的檢查。老師叫我打電話跟爸爸講，我說不用了，我自己可以搞定。

那時的丁家寶，是個剛剛升上國中三年級的學生，正處在青春期裝酷裝大人的年紀，他跟其他同年齡的男生一樣，沒有一個小時靜得下來，喜歡看格鬥奇幻的漫畫，滿腦子想的都是交女朋友和一直耍帥，所以，不管發生什麼大事小事，他絕對不要打電話給爸爸，那是五歲小孩迷路的時候，才會做的事。

但是，爸媽終究還是知道了，因為醫生所謂的進一步檢查的意思，就是長達好幾個星期的住院。每天，丁家寶在各個樓層的小房間來回穿梭，被推來推去進行電腦斷層攝影、核磁共振攝影、血管攝影及核子醫學骨骼同位素掃描……等亂七八糟、他自己也記不清楚的複雜過程。

醫生們總是圍在一起，看著他的檢查結果，然後抬頭，做出一個表情，就走出病房門外討論。

那些如風吹著般的白袍背影，躲在外面聽不清楚的竊竊私語，對丁家寶來說，就像一群巨鱷的長尾巴忽隱忽現，藏在水底下的可怕生物到底是什麼，沒有人說得準。

只要一見到護士，丁家寶就會重複那個問題：

「現在燒退了，我可以回家了嗎？」

「等醫生來再說。」

「那醫生什麼時候會來？」

「等醫生忙完就會來喔。」

等醫生忙完就——會——來——喔——丁家寶坐在輪椅上轉著圈，噘著小嘴，模仿護士用細細嗲嗲的聲音說話。護士走過來用點滴瓶打他。

3

現在想想，剛住院時的我，無憂無慮的，真是很幸福，只是當下的我並不明白而已。為什麼總是這樣呢？好像在這個世界上，沒有幾個人能在十幾歲的時候，就真心珍惜當時所擁有的幸福。

丁家寶把醒著的時間，分成二十四個單位，他每三十分鐘就去問一次醫生來的時間。被他煩過好幾輪的值班護士，最後還做了一個雙面的牌子，只要他慢慢靠近護理站時候，護士便舉起紅紅的叉叉，代表出院沒希望。

對丁家寶來說，每一分鐘，每一小時，流失過去的，都是他珍貴的，同學都在外面玩的，或許幸運一點就可以認識很多女生的暑假。要是在假期裡，別人都打工賺了錢，交了女朋友，偷偷學會開車，而他只學會轉輪椅，這樣有多糗？

每一天，丁家寶都把明天當作是出院的日子。晚上睡覺前，他都把行李打包好，整整齊齊地放在床邊，他滿心期待離開消毒水味道的那一天到來，只要醫生一個點頭，他就要用飛的飆出大門，甩甩肩膀假裝這些很不酷的一切，從來都沒發生過。

好幾個星期，天亮天黑，都在這樣無聊的等待中過去了。然後，丁家寶記得很清楚，那是暑假最後的倒數第六天，秋天的涼風把一個威風凜凜的醫生吹了過來，當時他正興味盎然地看著籃球比賽，那陌生面孔的醫生一走進病房，連自我介紹都沒有，就宣布十五歲的他，得了第二期骨癌。

什麼？

丁家寶在心裡問著，那一刻，好像一切都靜止不動了，**什麼？**

爸爸眼睛沒有眨，他輕輕地把手上的報紙，對摺一半，再一半，**什麼？**

媽媽抱著妹妹，好像很口渴似地抿了抿嘴。**什麼？**

醫生見家屬沒有任何反應，他便自顧自地開始一段複雜的醫學術語，為了跟上，爸爸支支吾吾地問了一些問題，伴隨著手上的報紙發出規律的響聲，媽媽用牙齒摩擦著嘴唇，眼淚在醫生的解釋中，慢慢地盈滿了她的眼眶，她低下頭用袖口用力地擦了一下。

暑假，就這樣毫無預警地提前結束了。用靜止無聲的方式。

4

那醫生長什麼樣子？我一點印象都沒有了。癌細胞在我的右手部位，他說。然後他來回比劃了我的手，從肩膀到指尖。必須截肢。他接著說。外科手術。他說完了。我只記得你們百般同情地看向我，電視裡正慢動作播放精采的單手扣籃。大家都沒有說話。或者是，在癌症面前，大家一下子都沒有話說。

丁家寶在錄音機裡的聲音，把一家人都帶到很遠的一個地方去了，他的母親面對著空氣中的某個點，用力抿著嘴，把拳頭握得緊緊的。

誰也不曉得，她的腦中，有一個很難忘記的畫面，那是家寶住院滿三個星期的時候，一個蓄著鬍子的醫生走到護理站，問了護士一句話，護士指指在走廊上的她，那醫生走過來對她點點頭，他們一起走去小房間裡。

接著中間發生的事情一片空白，成為她整段記憶中刻意的一片缺塊。

身為母親，她下意識地跳過了一些東西，只記得自己快步從房間跑出來了，眼淚像蜘蛛網似地交結在臉龐，她刻意背對著在走廊玩耍的小女兒，卻只走了五步路，就倒在醫院的走廊角落的地板上。

「怎麼會這樣……不可能是這樣……不可以是這樣……」

當時她捶著地板，顧不了太多其他的人和事情，痛徹心腑地倒地嚎叫，幾個護士趕緊過來撫著她的背。

太太、太太，請冷靜。太太——

她沒有因此停下捶打地板的手，反而更加用力，不知道為什麼，在那一刻，她想要感受那地磚的硬，她想要讓自己的手比心裡的痛再強烈一些，彷彿這樣可以忽略掉什麼。家寶那孩子，是她身體裡最柔軟的一部分，是她牽著他的小手，踏出人生的第一步，他那小小的手總是伸得高高地討人抱，她記得那小手第一次握住湯匙的模樣，她趴在地上，越哭越大聲，病房裡有人伸出頭看了。

太太、太太——聲音穿過她的腦海，變得越來越遠。她好像聽見家寶小時候的笑聲。**請冷靜下來**——這些護士當過母親嗎？她在心裡問，是妳們要我同意切下他的肉，有什麼辦法，要我像妳們說的那樣只是冷靜下來？你們要切掉我的骨肉，用很鋒利的刀子。她繼續哭著。連家寶都從另一頭跑了出來，用手拉著她。**媽**——他喊著，**怎麼了？**她是家寶的母親，誰都不能在她的眼睛底下，那樣傷害她的孩子。

媽——

5

開刀的前一晚，我睡不著。

我看著自己的右手，這是要正式跟它告別的時刻了。當初苦練的右手上籃，沒有了，之前才買的鼓，也不能打了，將來要寫字的時候，沒有右手該怎麼辦呢？我想著，從此以後的一輩子，我就要變成所謂的殘障人士了。

丁家寶在那晚自己偷偷哭了，在很深很深的夜裡，他拉著棉被曲著脖子哭，一個非常年輕的住院醫師巡房，站在他旁邊，不知所措。

丁家寶來不及擦掉眼淚，兩人就這麼對看了一眼。你想幹嘛？丁家寶問，聲音哽咽。醫生抓抓自己的一頭亂髮，覺得很尷尬。於是拍拍肩膀試圖安慰他：

「因截肢而失掉右手不是可惜的事，失去寶貴生命才更令人惋惜。」

那醫生說話的樣子就像在背教科書似地，一點幫助也沒有，丁家寶還是覺得好傷心，他用左手緊緊抓住右手，手臂的皮膚因而脹得又紅又腫。他聽見父親在外頭忙著問護士，打聽各個骨科權威的聯絡方式，試圖安排他轉到更大的醫院，但所有主治醫生教授就像彼此都偷偷約好一樣，他們同聲說著「非截肢不可」，而且手術的時間「應該越快越好」。

丁家寶聽見，主治醫生在房間外面對父親說，別太擔心，孩子看起來還滿能接受的。這讓丁家寶想起他當時第一時間聽到消息時，故意假裝無所謂的說過，「既然如此，就這樣吧」這類的話。

他不是真的不在乎，他只是想裝得很勇敢。

在外頭的父親，沒有回答醫生的話，就好像裝了消音器一樣的沉默著。深深的夜裡，除了一片靜悄悄的空氣，丁家寶什麼都聽不見。

6

我告訴自己，要像個科幻英雄一樣，不管發生什麼事，都要裝得很堅強。其實我很怕。我想，你們應該也很怕。

說實話，生出我這樣的兒子，你們有後悔過嗎？

手術的時間大約四個小時，終於，一陣閃電似地痛楚打在丁家寶的肩膀上，把在病床上的他驚醒了。他看見父親母親都像罰站似地守在床邊，醒了醒了。媽媽緊張地說，爸爸便趕緊掛上極力振作起來的表情。

雖然感覺到身體的麻木不堪，但丁家寶刻意不用眼睛去看自己的右手，彷彿只要不看，這件事情就不會是真的發生。媽媽在他的額頭上親了又親，雙手撫在他的胸口上。

「沒事了，沒事了，沒事了。」

丁家寶聽到她的喃喃自語，並不清楚媽媽這句話，究竟是在跟他說還是跟自己講，而爸爸則是輕輕地拍著他的大腿，他也跟著媽媽的話說著：

「沒事就好，沒事就好。」

不像其他同學都已經考上高中，丁家寶回學校時，被安排跟妹妹在同一個班級裡。他需要長時間在醫院做放射線治療與復建，只能斷斷續續地上著課。丁家寶知道，除了課業以外，沒有了慣用手，要學的東西還有很多。他安慰自己，或許不像現實看來的那樣，他並沒有失去一隻手。他的左手，可能有超過兩隻手的超能力。

周圍的人只要一看到丁家寶，就會過來拍拍他的頭，對他說「塞翁失手，焉知非福」這類的話。他開始學習用左手拿筷子，用左手寫字，用左手打他最愛的籃球。雖然一開始常常飯菜掉一地，字寫得歪七扭八，打球最後也變成一種不斷撿球的活動。但他反覆告訴自己，說什麼都不要放棄，因為英雄不會輕易放棄。

他記得，一個重大轉捩點出現時，是在外頭正下著小雨的病房裡，他在鏡子前，發現臉上長了一顆大痘子，於是用左手一捏，膿汁就直直地噴射到剛走進來的住院醫師臉上：

「看來你的左手已經準備好了。」醫生用衛生紙一邊擦著臉，一邊笑著說。

7

對了，我今天去洗了一張照片，是我們在小學畢業的那一天照的。

那天，我們全家在比賽誰能笑最久，哈哈哈了整天，那是我最快樂的記憶。

後來，我們多久沒有大笑過了？

這個問題讓哥哥停頓了一下，我們從音響中聽見了敲門的聲音，等我一下，他說。

慢慢來啊。媽媽在這一頭回答。我們笑了。

同班一年後，我和哥哥一起考上了同一所高中，全家人壓抑了一整年的苦悶，終於滋養成快樂的果實。爸爸騎了一個半鐘頭的機車去市場，買了足足是我身高的兩倍高的一串鞭炮，劈哩啪啦地在家門口點燃。

音響裡傳來哥哥跟另一個人說話的聲音，我試著把在爸爸手上的音響搬下來，但他堅持兩手用力地抱著，我們聽見裡面傳來哥哥的笑聲，媽媽坐在我旁邊，耳朵微微往那個聲音靠近，露出淺淺的微笑。我們都記得，哥哥一直是喜歡笑的一個人。

那年暑假，雖然只剩一隻手，哥哥還是不顧爸媽反對，說要學騎腳踏車。我們都不會騎，一開始，我在旁邊幫忙扶著他保持平衡，後來，每天上學，都是他載著我去。由於一直鍛鍊的結果，他的左手變成以前的兩倍粗，每次他幫我提書包，都說是要練肌肉。

妳可別學怎麼騎腳踏車喔。哥哥警告我。我可以一直載著妳。他笑嘻嘻地說。我在後座，將臉頰貼著他的背。他笑著，我感覺那個笑聲震動著他的全身上下。彷彿，什麼壞事都從未發生。

8

不過，說我愛幻想也沒關係，我總認為死去的右手的靈魂，附著在左邊的手臂上，所以我的左手才會如此強壯。好像有一句話是這樣說的，要先有人的殘缺，才有完整的人。

沒有任何意外地，上了高中後，學校依然特意將丁家寶跟妹妹安排在同一個班級。班上同學雖然沒有明白表現出來，但丁家寶隱約感受到，他們都不知道應該怎麼對待這個「只有一隻袖子」的同學，他猜他們以為自己是個很脆弱的人，因此男同學會避開他，女同學看到他只會快速地點點頭。

除了他妹妹，沒有人敢注視他肩膀旁空虛的那一塊。

他告訴自己，有一天，他要扭轉這一切。

星期四下午的一堂體育課，老師對著全班問：「誰願意示範單手上籃？」

大家你看我、我看你，推來推去，誰也不願意先站出來。

丁家寶將唯一的一隻手舉起。

全場陷入一片寂靜無聲，**這樣好嗎？**大家在心裡偷偷地問著。

體育老師對丁家寶點點頭：「你可以嗎？」

丁家寶脹紅著臉，鼓起勇氣，也對老師點點頭。

那是一個驚奇的下午，整個班級，包括他的妹妹，都看著丁家寶搖搖晃晃地站了起來，他拍一拍球，踮了兩步，用力一跳，左手將球直接扣進籃框。

大家張大了嘴，有一個女生甚至忍不住站起來鼓掌，好像丁家寶這一跳，直接跳到銀河系外面了。

「示範錯誤，丁同學。」老師眼裡帶著笑意，搖了搖頭。

「這不是帶球上籃，這叫扣籃。」

所有同學一擁而上，拿出手機搶著照相，要他再做一次。

那天，丁家寶總共表演了十三次。

9

還記得嗎？後來醫生宣布複診結果的那一天，我們去吃冰淇淋，有個小朋友在歡樂的麥當勞過生日，笑嘻嘻地雙手抓著兩輛玩具車相撞，砰！他喊叫著，砰砰！然後，你們同時哭了起來。

從丁家寶表演扣籃那天起，同學們便對他解開了心防，他們給丁家寶取了個綽號，叫作「左手俠」。

其實，從肢體殘障的可憐人到左手扣籃俠客，這中間的轉變到底是怎麼一個過程，沒有人搞得清楚，但丁家寶得意極了，他最常掛在嘴邊的話就是：

「跟你單挑，我可以單手讓你！」

這樣風光日子過了一年。

其實仔細算起來只有三百五十八天。丁家寶永遠忘不了，高二那年的某天下午，他去醫院做一般的追蹤檢查。他幾乎等不及晚上的三打三籃球比賽，同學叫他早點來，他等一下得用跑的回學校才行。

「癌細胞復發了。」主治醫生走進來，拿著片子皺著眉頭說：

「你的左手可能保不住。」

就像一個龐然大物突然砸在他頭上一樣，丁家寶確切聽見電鋸發動的聲音，那機械式的切割聲，在他腦中蠻橫地吵鬧起來。

「騙人！你這個騙子！」

丁家寶揮舞著左手，對著在場的所有人大吼大叫，再也沒有辦法假裝堅強的聽完這個消息，你跟我說我會好的。他抓起手邊的椅子摔到牆壁上，連護士都嚇壞了，退到診間外面。但丁家寶怎麼都停不下來，他把落在地上的病歷踩得亂七八糟，媽媽試圖把他顫抖的身體抓住，但丁家寶咬了她的手，狠狠地咬出血漬來。

你們都說我會好的。

有三個醫生同時跑進房間來了，他們要丁家寶鎮定下來，其中一個戴著眼鏡的醫生，壓住他的脖子，提高音量說：

「義肢與復健的科技日益發達，義肢一樣會陪著你度過完整的人生。」

於是丁家寶對著他大大的鼻子，狠狠地給了醫生跟這句風涼話一記左鉤拳。

10

我想不通，為什麼人生會變成這樣。

沒有雙手的人，穿衣服再也不需要袖子的人，看起來就像被上天詛咒的人，醫生怎能這麼輕鬆地形容這件事，說我會過著完整的人生？他難道不知道，我花了兩年訓練左手，才讓它功能像右手般地正常運作？老天又為什麼給別人兩隻手，但連我唯一的一隻手都要拿走？這樣公平嗎？

手術安排在下星期二。

父親在床頭留了一張紙條通知他，這是他們跟丁家寶唯一進行溝通的方式，因為從確診以來，他已經十五天拒絕說話了。

丁家寶心裡明白，雖然他能拒絕說話，但終究不能拒絕開刀。癌細胞正一步一步，不分日夜地在他的身體裡布局前進。星期二早上，他面無表情，躺在病床上讓醫護人員做術前消毒，護士拿了一張手術同意書進來給爸爸簽名。

「讓我也簽吧。」丁家寶說，「以後用到手的機率可不多。」

然後，就像上次一樣，醫生帶著同情的眼神，替他把氧氣罩戴好，把麻醉藥靜靜地推入他體內，麻煩你慢慢吸氣，醫生說，從一數到十喔。懷著最大的恐懼與恨意，丁家寶賭氣瞪著所有醫護人員，他們表情嚴肅，他不肯閉眼，眼神轉向天花板的某個污點，但終究還是睡著了。

天氣跟人生都涼颼颼的。

當丁家寶在滿是酒精味道的床單上醒來時，他腦海裡冒出這句話。

不管承不承認，這一覺醒來，丁家寶已經變成一個上半身只有肩膀的人。

他環視床邊圍著關心的家人、老師跟同學。只說了一句話：

「快看啊，今天不收錢。我比馬戲團的怪胎秀還精采。」

站在一旁的母親，一聽就轉身走出病房，整天低著眼，都不再說過話。

11

當初，一個意志消沉的人該想的事情我都想過了。我認真地考慮過死亡，我不要活在令人羞愧的軀體中，上吊也好、吃安眠藥也好，反正我已經沒有活下去的意志，也絲毫沒有照顧自己的能力了，接著，我再想深一點，便無法壓抑地大笑，因為，對一個沒有雙手的人來說，要自殺是很容易的事情嗎？

從那天起，自從丁家寶變成一隻手都沒有的人以後，來探望鼓勵丁家寶的人就越來越少，越來越少，最後只剩下家裡的三個人。

這也是沒有辦法的事情。人群對於自己無能為力的情形，總有一定的趨避性。

對他們來說，見到丁家寶那樣子，便見識了真正無法修復的殘缺。

他們停止對他說：「加油，趕快好起來重新生活吧！」或是「上帝幫你關上一扇門，必會替你開啟一扇窗。」

他們選擇說些安全的句子，避免進一步的討論，接著撫著胸口逃開。

「嗯。今天氣色不錯的樣子。」醫生說

「記得攝取的營養要均衡，藥等一下再吃。」護士說。

「好好睡一覺吧，多多休息。」爸爸說。

那該是怎麼樣的日子，當身邊的所有人，不再跟你討論未來的希望，不再推你向前，所有人的表情都說著，你不可能再好了，這輩子，就這樣了。

那該是怎麼樣的日子？

丁家寶再明白不過了，他被歸類成了世間的純粹廢物組，當下不能使用，也不能回收再利用。他心如死灰，像是被囚禁在一個殘破不堪的殼子裡，永遠看不到前方的光線，也永遠沒有停止往下掉的時候。

之前他看電影裡有人說過這樣的一句話：

「如果死亡是生命中最慘的事情，那麼，活著又還有什麼恐懼呢？」

他想，說這句話的人，一定沒有像他這麼慘過。

12

常常有人問我，沒有雙手有哪些不方便，我只能說，沒有雙手，「方便」這兩個字，就跟你的人生一點關係也沒有了。每天早上起來，怎麼樣都按不掉鬧鐘，只能任它鈴聲大作；下雨時，傘撐不開，滂沱大雨就這樣往身上狂掃；要多少悽慘的例子，我都舉得出來。

丁家寶第一次嘗試獨自出門時，只走到馬路口。

他想要坐計程車，但沒有雙手的他，只能用眼神瞪著來車，而車子總是從身邊呼嘯而過；他於是走到馬路中間攔車，有一輛機車側邊擦撞到他的腰，因為沒有雙手可以抵擋與平衡，丁家寶也只能任憑身體「咚」地一聲倒在路上。

那機車騎走了，而他滾到路邊，才慢慢靠著牆角站起來。

有好幾個夜裡，丁家寶會在夢境中，發現自己的雙手像綠豆發芽似的，又慢慢地長了回來，他可以活動每一根手指，可以拿起漢堡大咬一口，那種高興滿足的感覺無法言喻，然後，在那樣的快樂中醒來，發現自己肩膀的兩側空空蕩蕩，也是很殘忍的。

丁家寶常常哭泣，也常常莫名其妙地發脾氣，很多時候想要殺人，很多時候，他不能好好在鏡子裡看著自己，也不能原諒上天讓他遭受的悲慘命運。

直到有一天，父親帶了一隻小到不能再小的博美狗回家來。

牠就像一個小嬰兒似的，只能蠕動跟喝奶，所以丁家寶為牠取了個名字叫寶寶。雖然沒有手能夠抱牠，但只要他一喚，不管多遠，寶寶就會立刻跳到他的身上來。

跟這隻可愛的小博美在一起，是丁家寶重新爬起來的一個起點。

寶寶從不用奇怪的眼神看他，就算他把上衣脫掉，露出奇怪的切割痕跡，寶寶還是不帶任何恐懼，輕輕地依靠在身邊。他喜歡寶寶身上柔軟的毛，像是春風吹拂的草皮，他覺得自己什麼都可以對寶寶說，寶寶大部分的時候都在傾聽，但有些時候，牠偶爾會回應個一兩句。

「你覺得我應該重新去念書嗎？」

「汪。」

「你覺得我的骨癌會再復發嗎？」

「汪汪。」

「你想，會有女生喜歡我嗎？」

「汪汪汪。」

爸爸經過書房，看著寶寶跟他的一問一答，若有所思地說：

「你看，狗也沒有手，四隻都是腳，過得不是挺好的？」

13

醫生說過，骨癌經手術後，五年以上的存活率有百分之六十，也就是說，有百分之四十的機率，我會在五年內死亡。我帶著這個陰影，呼吸了很久，害怕了很久，但終於明白，其實在這個世界上，就算害怕，也無法決定我能活多久。

在生病前，丁家寶曾經有一個夢想，他想要出國念書，當時瘋狂地買了很多考英文托福測驗的書籍，事隔三年，重新翻開書本，他發現考試規則中有一條是關於「適性測驗」的說明：

適性測驗是採用考題難易度配合應試者程度的出題型態，亦即應試者一次只能在電腦螢幕上看到一道考題，電腦會根據答題的對錯情況，決定下一道考題的難易度。

丁家寶看著那段話，又默念了一遍，「如果答對了，則下一道考題難度會提高；答錯了，則下一道考題難度會降低。」

一個聲音在他的腦中響起，會不會這些年來的種種遭遇，是老天給他的適性測驗？或許他擁有所謂英雄式的能力，所以他必須面對一道難過另一道的考題，而現在，他又該怎麼回答眼前這一題？

題目出來了，答案在哪呢？

像是心裡有個大瀑布一樣，丁家寶覺得全身滿溢著力量。他想起那些他曾經滿心崇拜的英雄，總是很倒楣地掉進一個洞裡，無端捲進一場災難，或是壞人把他全家都綁走了。

那都只是故事的開始而已。
而他的故事，是從失去雙手開始。

那天下午，是第一次，丁家寶用嘴巴含住吸管，一下一下地敲打鍵盤，他寫了一個兩百字的計畫出來；他在浴室牆上掛了一隻刷子，利用全身的移動來刷洗自己；當他身上發癢抓不到時，他不再生悶氣，很簡單地，他開口請身邊距離最近的人幫他抓一抓。

他不要一直停留在他已經是誰的問題裡。
他要努力變成他要變成的那個答案。
靠他自己。

14

下個月，就是我的第一個五年了。我相信，還有好多個五年等著我。
我想謝謝你們，對我全心全意的照顧。

你們全都是我的英雄，你們是我萬能的雙手。

如果可以，我真想用力鼓掌一下。你們聽得見我的掌聲嗎？

丁家寶用兩腳的腳掌，用力拍了好幾下，然後錄音帶就這樣停住了。

音響這一頭，他的妹妹正站起來檢查，看見爸媽都閉著眼睛聽。你們是英雄喔。妹妹扶著他們的肩膀說。真沒想到已經五年了啊，時間過得好快。

這時活蹦亂跳的小博美狗，早聽見了哥哥的聲音，熱情地在爸媽身邊繞來繞去，爸爸用腳夾住牠，牠興高采烈地要抓那臺音響。

媽媽說，哥哥出國的前一天，寶寶還上吐下瀉發高燒，獸醫吩咐給牠按時吃藥與蓋毛毯。這幾天是關鍵期，醫生說，千萬注意保暖。哥哥用力地點點頭。

那一夜，寶寶就睡在哥哥的床腳，他不放心，半夜三點還從床上爬起來，彎腰聽著寶寶的呼吸，檢查寶寶的狀況。

媽媽被他的聲音吵醒了，她站在房門邊，看著哥哥站在床上，慌亂地用兩隻腳調整著一張小毯子，試圖放到最佳位置。

「媽，妳先去睡。」哥哥小心地勾起毯子的兩端，確保包住狗狗的四隻腳。

「我想陪一下寶寶，突然睡不太著。」

媽媽笑得暖暖的。拿了件衣服罩在他身上，還是依靠在桌旁。

「慢慢來啊，」她輕輕地說：

「你陪你的寶寶，我陪我的寶寶。」

再怎麼樣，我們都是困住了。
那情感裡真摯的部分，竟逼得我們往崖邊上懸空一隻腳。
如果最後，我連自己本身都賭上了，你說輸贏重要嗎？

老闆

她坐在我的旁邊，準備著隔天早晨的簡報。那纖細高雅的雙手，正靈巧地敲著鍵盤。我歪著頭偷偷觀察著她，五官中她的鼻子最美，單獨來看有點像個男人。她趁著飛機起飛時，稍稍閉眼休息了一陣。在那之後，她就把電腦打開，毫不遲疑地開始工作。機上忙碌的送餐服務，絲毫沒有打亂她的思緒。只有在非常偶爾的時候，她才會對著眼前的數據皺起眉頭。

我小心地用完餐點，默默地吞嚥著口水，食物在舌苔上殘留的酸腐味道，讓我憋著氣息。這是我第一次跟主管一起出差，我得表現得好一些。於是我裝模作樣地拿出筆記本，打算想點東西。

四個小時的飛行時間裡，她並沒有停下來的打算，倒像是每根手指有自己的腦袋似地，她一頁接著一頁打出大量的英文字母。連空中小姐都嗅得出她的態度，在經過時特意放輕了腳步。

我聽著電腦跟隨著她的節奏，清脆地發出滴滴答答的聲音，便忍不住睡著了一陣。

在夢中，那個規律的節奏感幻化成一輛高速前進的火車，堅定地向前行。

她是我的新老闆，她是我的神。

有一天，我在心裡暗暗地希望，自己也能變得跟她一樣強。

1　江心怡：三十二歲，資深行銷副理

進了飯店房間，江心怡再查了一次電子信箱，確定沒有任何新進的郵件後，她才終於把電腦移到床邊的小桌子上。

這代表夜深了。她在心裡想著。一面聆聽從浴室裡傳來的細微水流聲。

手機響了起來，她知道是他。

「嘿。」她把聲音放低。

「今天好嗎？」那男人問著，同樣壓低著聲音。

「嗯，還好。」她點著頭。想起自己同時是他的下屬，又是他的情婦的時候，心裡還是微微刺痛。

「新人有沒有乖乖聽妳的話？」他特意模仿著新同事說話的小女生口氣，讓她笑了出來。

「比你聽話多了。」她撒嬌地說。

「妳什麼時候回來？我想妳了。」

江心怡沒有立刻回答這個問題。那細微促狹的聲音又突然襲上她的腦袋。

她想起自己在四年前不是這樣子的。那時的她，每天熱情地工作著，忙著規劃年度的財務計畫。

不過是一個無心的差錯，讓她把某個廣告預算項目放錯了日期，於是為數不少的錢，在不該花掉的時間點，平空消失在帳目裡。

她晚上害怕得無法入睡。那個金額會讓老闆暴怒，把她炒掉。或者更糟的，她必須得自己償還。她給不出那麼多錢，母親的醫藥費還靠她這份工作。

她倒在床上，任憑空氣從氣管中被抽乾，肺部塌陷成一個扁平的皮囊。整夜無眠，她睜著布滿血絲眼睛，看著天空漸漸地亮起來。

她帶著最後一天上班的心情走進辦公室。

低著頭認錯時，老闆看著她，看了一分鐘這麼久。那眼神像是有著旋轉的力道，抓住她的腹腔。

但最後他抓起西裝外套，帶她去吃晚飯。

那個夜晚，于恩宇說了一些笑話，從頭到尾都沒有提到這個錯誤。

他動用了一些關係和冒了個險，掩護了她。

不過是一個無心的差錯。

他們因為這樣而關係緊密了起來。一開始，于恩宇會傳簡訊問候她。後來，他會約她出去吃午餐。江心怡知道他結婚了，但她很感激他的幫忙，所以她還是準時赴約。

他從來沒有利用那件事脅迫她。但當她在公寓裡，安靜地把胸罩脫下時，他便湊過去用雙臂環抱她。他在做的時候汗流浹背。她則是配合著發出聲音，嬌羞地扭動身體。

那一次，江心怡是故意的。

整個親密的過程，被一臺在書桌邊的攝錄影機拍了下來。

她以為這樣做就能保護自己。畢竟對方手上有一個她的祕密，她得保持那樣的對價關係。

「我這週末就回來。」過了一會兒，她做了回答。電視在床的另一頭，她盯著漆黑的螢幕看，看見一個沒有表情的女人，蜷曲著身子。

後來會跟他定期躺到床上去，是很難解釋的事情。

一開始她清楚知道自己不真的愛他。她只是決定把自己的年輕，把自己的身體當作一種交易的工具。當他親吻她時，她只看見這個男人背後代表的標籤，而透過這種方式，能讓她更快去到她想去的地方。

「那麼，我們還是約同樣時間。在妳家好嗎？」他問。

漸漸地，她已經不再對自己的身體有任何感覺。她跟于恩宇上床時，她只在乎自己能利用這個換到什麼。她總共加薪了五次，上個月升了官。時時刻刻，她都聽見那不屬於自己的聲音在腦中說著話，得失都要計算清楚喔。

「好。」在電話另一端，她輕輕地同意了。在這個階段，她需要老闆喜歡她。儘管她發現，她得到的東西並沒有讓她如想像般地感到滿足。

掛了電話，江心怡愣愣地坐著，任自己發呆了一陣。只有躺在飯店白色的床單上的時候，她才能暫時把世界確實地鎖在門外。

浴室裡穿著拖鞋的腳步聲，使她突然意識到，還有另一個小女孩也在這裡。

這傢伙洗澡時還唱著歌呢。

2 小靜：二十四歲，大學畢業生，專員

天氣好的時候，她七點就開始工作。天氣不好的時候，則是六點。因為她聽見雨聲就睡不了覺。

我原本以為跟老闆一起到國外出差，住豪華的五星級酒店，是件羅曼蒂克的事情。但我現在不這麼想了，由於這幾天跟她同睡一間房，我漸漸了解為什麼她能夠一路走到這裡的原因。

她見我從浴室走出來，才把手上的電話放到一邊去。

「換我洗澡了。」她說。接著就快步往浴室走。我趁她在門的另一邊時偷偷看了一下手機螢幕，畫面還停留在與總經理結束通話的時間。

六分鐘又四十五秒。

電腦在床邊的小桌上，她還在準備明天的簡報。

我逕自打開電視看。有個主持人在模仿女明星唱歌。

歌才唱到一半，她便從浴室裡走出來。

「忘記拿什麼了嗎？」我問。

「我洗好了。」她說。

她直直走向電腦，沒有看我，又陷入一種思索的表情。

「妳先睡吧。」她鎮定的聲音裡沒有任何情緒。

「晚安。」我說。為了讓自己不要太有罪惡感。我把棉被拉起蓋住自己的頭。

滴滴答答的鍵盤聲又響了起來。

我想起辦公室裡其他的同事常羨慕地說，她是個幸運兒，在職場上平步青雲，升官的速度像坐噴射機。

但只有我知道，在漂亮、聰明、溫柔、負責這些種種優點下，她還有一個核心能力。

她從不停止工作。

3 于恩宇：四十四歲，董事總經理

他在家門前，要求司機讓他一個人在車裡靜一靜，他便趁這個時候打了電話給心怡。

他光是撥著她的電話號碼，就能讓自己的肩膀放鬆下來。聽見那女孩的聲音總讓他覺得自己很年輕。年紀過了四十以後，他特別渴望這樣的寄託。

當年心怡是他唯一的下屬，那時她才是個大學還沒畢業的暑期實習生，綁著個馬尾，稚氣未脫。他們一起工作，一起加班，也經常一起挨罵。但她看著他的時候，那雙眼睛裡有崇拜，即使于恩宇不過是一個沒沒無名，能力尚待加強的小主管。

後來當然他出頭了，下面帶了五十多個員工。但依然只有心怡，能提供他內心底層需要的東西。他喜歡她的認同，喜歡在成功談下一筆生意之後，讓心怡舔拭他的身體。心怡的存在讓他覺得自己很重要，這點是他妻子望塵莫及的。

心怡這星期在出差。他把電話收進西裝口袋，長長嘆了一口氣。他走出車子，對正在抽菸的司機揮揮手後，便轉身按下了電鈴。是兒子開的門。正值叛逆期的他已經不再露出可愛的笑容，他對著自己的父親，匆促點了一下頭，便轉身走進吵鬧音樂的房間裡。

「你媽媽呢？」他拉開房門問。

兒子搖了搖頭，眼睛還盯著漫畫。他於是退出房間。

空蕩蕩的客廳裡，只剩他一個人坐在鋼琴前，他無意間看見鋼琴上那張相片，有著父親的字體。民國七十一年，于恩宇參加全國鋼琴大賽。

他認得于恩宇這三個字，是他的名字。但照片裡的那個意氣風發的年輕人，卻已經不是他所熟悉的樣子了。

他常常覺得自己不應該娶她，但那時他的選擇不多。他從沒交過女朋友，在大學的古典音樂社團裡認識了她，而她喜歡他彈鋼琴的樣子。

「很有藝術天分喔。」她說。「不像我爸爸那麼俗氣。」

容華的家世背景很好，父親是地方上的重要官員，黑白兩道通吃。而他知道，鋼琴這種才華，會讓全家都餓肚子。畢業以後，他需要被人提拔。

很多很多年，就這樣過去了。于恩宇沒有讓自己失望，在事業上走到了想望的彼端。但他卻突然發現，自己從沒愛過的女人，每天都睡在他的身旁。

一股無力感襲上他的胸口，他感覺一股強烈的需要，得再打一次電話給心怡。

4 小靜

總經理打電話來的那一刻，我先是看著錶，接著搓了兩下手，終於在響了五聲以後，鼓起勇氣接了起來。

「那個……你好……」該死，我不應該這樣開頭，太可笑了。可是我一緊張起來總是六親不認。

「心怡？」于恩宇小小聲地問。

「總經理你好，那個，不好意思。你好。」我捏著自己的臉，重新深吸了一口氣。「我是小靜。」

一直到了第三秒，他才意識到接電話的人，是那個與心怡一同出差的新進員工。現在心怡也有自己的跟班了。于恩宇皺起了眉頭。

「妳好。」他簡短地說。在電話裡陷入一小段沉默。

「她正在洗澡……剛剛才進去沒多久……」我努力壓低自己的高音，但還是掩蓋不住著急的樣子。跟我說話的男人，可是這家公司的總經理。

「什麼事情……我應該可以幫忙……不然……還是……我叫她出來聽？」

「喔，不用了。」他明白自己的需求不是小靜可以幫忙的。于恩宇坐直了身體。想藉此把自己的脆弱收起來，換上威嚴的外衣。他刻意低啞著聲音，讓這通半夜的來電變得理直氣壯。

「請江副理晚點回我電話就好。」

我點點頭把電話放下，癱倒在沙發上，發出砰咚的聲音。

電視裡的人依舊開懷地唱著歌。

還好我的老闆不是他。打從心底我慶幸著。

5 江心怡

江心怡緩緩地把床單整理了一下，試圖不要吵醒隔壁的男人。他睡著的時候就像個小孩，週末懶洋洋的陽光，映照在他的睫毛上，他吸著濕潤的鼻子，平順地呼吸。

她走進浴室沖了個澡後，裸身站在鏡子前，用粉色的浴巾擦拭自己的身體，她想起那是去世的母親留給她的。

這一生，她到底用自己交換了什麼？

江心怡聽見那聲音低低的笑她。跟那男人睡超過第十次以後，就開始不划算吻。

她摀住耳朵，讓自己坐在浴缸邊上。不用誰來提醒，她知道這樣一路計算過來，目前結果仍然不夠好。

那男人比她大上十二歲，卻不一定真的在乎她。她知道他不會離婚，她也不會更年輕了。接下來的計畫該是什麼？在節節敗退中，她自己又是怎麼走到這裡的呢？

到底哪裡出了差錯？從小到大，她都竭盡全力避免犯錯。

于恩宇能給的，最多就是這樣了。可惡。不知道什麼時候開始，她對那男人，開始了其他的期待。

那聲音又出現了，在小小的一方空間中，偷偷對她說了些話。是祕密喔。

江心怡瞪大了眼睛。既然目前結果還不夠好，她就得放手一搏。

突然之間，她想不起自己上次的月事是什麼時候了。

6 小靜

今天是我進公司的第四個月，我依照指示，在主管辦公室裡坐著。

「在這裡工作還習慣嗎？」她走進來，故作輕鬆地問。

「多虧有妳的幫忙。」我感激地點點頭，聞到她身上淡淡的香氣。

她不自在地整理著桌面，沒有抬起頭看我。我注意到她的手機螢幕上顯示著兩通未接來電。這一點都不像她平常行事的作風。

「有件事情跟妳說。」她站起來，背對著我，深吸了一口氣。我看著她聳起的肩膀，趕緊拿起筆記本來。

「小靜，我懷孕了。」她說。我這才發現她今天沒有穿著高跟鞋。現在要記什麼？我拿著原子筆愣在原地，心臟好像連續抽動了兩下。一下子不曉得該怎麼反應才好。

我並不知道這個如工作狂般的主管，竟還有其他時間交異性朋友。

難道二十四小時不間斷地打電腦也會受孕嗎？

「我今天晚一點會跟總經理報告。」

她刻意避開我的臉，不理會我微張著嘴的驚訝表情。繼續把話接著說下去。

「妳也知道，女人懷孕以後，生活重心就會有所改變。」

「是。」

「我得重新作打算，關於工作，暫時得休息一下了。」

「嗯好。」我恭敬地回答著。樣子有點像是機器人。

「不過妳不用擔心，我會保證妳都能接手。」

「明白。」

「我開了一個共用文件夾，我會陸續將整理好的資料檔案上傳上去。」

她把一組密碼交到我手中，我沒接好，那張輕飄飄的紙便落到地上去了。

「沒問題吧？」她蹲下身將紙條撿起，笑得比誰都燦爛，我想是母性的光采。

「那個……」我結結巴巴地說。「恭喜、恭喜。」

她有點同情似地摸摸我的肩膀。那聲音在她腦子裡說，現在說恭喜還太早了呦。

「總而言之——」她回到自己的座位上，提高了聲音。

「我們開始交接吧。」

7 于恩宇

當心怡通知他懷孕的消息時，他坐在餐廳裡，雙腳在桌子底下不安的交互移動。

心怡堅定地表示，她可以不動聲色地把這個孩子生下來，但她需要一個承諾。她的樣子很像在談一筆交易，有點太過平靜了。但于恩宇並沒有心情，進一步去分析她的臉部表情背後藏著的動機。

「你之後會娶我嗎？」她問。

于恩宇想的是另一種解決方法，但他不能開口。

「心怡……」他啞著喉嚨，拿捏著自己的口氣。

「這事有點突然……讓我好好想想可以嗎？」

不可以喔。那聲音又在心怡的腦子裡說話了。心怡最近不太能控制那聲音對自己造成的影響，相較起來，她發覺直接服從那聲音比較不辛苦。

不要讓他想比較好喔。

「那我們的孩子將來怎麼辦？」她質問他，身體微微顫抖。

于恩宇把頭往後仰，他有些後悔自己把這個女孩拖住了這麼長的一段日子，現在報應來了。

「心怡，妳確定想要個孩子？」他決定用另外一個問題拖延一點時間。

哎呀，老闆不像妳想像的愛妳怎麼辦呦。

江心怡瞪著于恩宇。

這個該死的混帳。不如打死他吧。

她用銳利的眼光瞪著他，直到他低下頭來。

他不會賠妳的，他拿什麼賠呢？

眼淚在這時從她的眼角墜落。那些逝去的青春歲月，都算是白白浪費的碎屑。

「心怡，我們能不能晚點再談，」于恩宇聲音裡帶著哀求，「我今天很累。」

江心怡動也不動，她記得，媽媽在她挑食的時候總說，當一個人把菜挑到一邊去，說要晚點再吃時，就是永遠都不要吃的意思。

一切都是假的，只有她可憐的傻是真的。

謊言背後的真實，怎麼如此傷人呢？

不顧于恩宇的勸阻，江心怡站起來，便頭也不回地往外走。為了不讓他追上，她來不及穿上大衣便開始奔跑。

「心怡！」她聽見于恩宇的聲音，但她不能停下來。

逃吧。逃吧。那聲音說。

她改變方向穿越馬路，幾輛汽車向她猛按喇叭。她沒有看路，但她不能停下來。

砰。一輛黑色的廂型車，不小心擦撞到江心怡右側的身體，發出沉沉的聲音。

她爬起來想要繼續往前去。那一下並不嚴重，她甚至不覺得痛。

她怎麼還在哭呢？

「心怡！」于恩宇還在後頭追著。這一次，她要讓他嘗嘗追不上的滋味。

她雙腳大力踢著地面，但少踏了一步。她的身體往前傾斜。

砰。

在大雨中，江心怡的下腹脹痛了起來。她的內部在一秒之間，崩潰成一片一片的碎片，那碎掉的小東西，從她的身體裡毀壞脫落。大片的血水沾濕了她的底褲。

她決定不再哭了。

8 小靜

二月二十八號。我覺得自己不像自己。我聽見一個聲音在我腦子裡，又遠又近的，那是誰在說話呢？

我開始覺得事情有點不對勁，是從打開老闆的共用檔案以後。

這陣子她陸陸續續上傳著一些資料，我的工作便是大量的閱讀，消化，之後再跟她一起討論。我無意中發現。在密密麻麻的公司文件中，裡面有一個寫著「心怡筆記」的私人檔案，用日期依序排列存檔，但其中內容我看不明白。

三月五號。我不能再等了。他欠我太多。他欠我四年。他欠我一百四十九次的過夜費。

我知道這是個人隱私，便趕緊把檔案關起來。但過不了多久，基於好奇，我又忍不住打開來繼續看。就這樣反反覆覆了好幾次。

三月二十四號。我不舒服。早晨開始孕吐。但我現在是兩個人了。親愛的寶寶，媽媽很愛你。

三月三十一號。我到底在騙誰呢？我恨他。我要他跟我一樣痛苦。不做到這一點，我不會就這樣算了。

四月八號。我想去把孩子拿掉。但又似乎沒有這個必要。我還有那卷影片紀錄。我還有籌碼的時候，決不會退縮。

越過隔板，我很快地瞄了老闆一眼。她正帶著微笑講電話，在她寬鬆的衣服中，那肚子已經微微隆了起來。

我確定她正在忙，便低頭繼續往下看。但越看心裡越是混亂。

四月十號，沒有人知道我的苦。小靜，妳知道我的苦嗎？

我不敢置信地再讀了一次。她正坐在對面的位子上笑著，那笑聲如此真誠。

小靜，妳知道我的苦嗎？

這下我不曉得該怎麼辦才好了。

9 容華

當初她看見自己的先生，跟另外一個女人坐在一起吃飯的時候，她說服自己這不過是男人一時的意亂情迷。她立刻決定忍耐下來。

但最近她聽說那女人，已經穿上孕婦裝，挺著肚子在路上走，她便開始經歷嚴重的失眠。

「容華，」她的父親吸了一口菸，拿出幾張照片放在桌上，表情凝重，「這件事妳要自己打算好。」

她瞄了一眼，就立刻把頭轉開。其實很多事情，她心裡早就有數了，但她不敢相信自己的男人怎麼這麼傻？竟讓家裡的司機去接那女孩回家。他怎麼會不知道，過去的十幾年來，父親派了多少眼線盯著他。

容華咬住下唇，強迫自己拿起一張照片看，她見到于恩宇在那女人旁邊的笑容，覺得刺眼極了。

「爸，」她說，「這件事你不要操心。」

歐正松把菸熄掉。他瞇起眼睛注視著容華。如果可以，他想要直接開槍把女婿的腦子轟掉。花不了五秒，他就能解決一樁心事。

容華在他心裡從來都沒有長大。只要看久一點，他依然能看見那個剛剛學會芭蕾舞，不停在客廳轉圈的女孩。她五歲那年就沒了母親，從那天起，他就發誓不讓這個小女孩再多受一點苦。

「妳認識這個女的嗎？」歐正松指著照片問。

「應該是恩宇的同事。」

「好傢伙。」他冷冷地說。「這個好傢伙。」

容華先是伸手壓著父親握緊的拳頭，接著側過身去拍拍他的肩膀。她明白父親正盤算著一些事情。于恩宇對他來說，不過是指尖下的小螞蟻。

她考慮著自己要如何說出下一句話。多少次父親震怒的時候，都是她幫他說話，去把事情緩下來的。

但那些不堪的畫面如洪水般襲來。容華再次咬了咬嘴唇，強迫自己把喉頭的話吞回肚子去。她不敢告訴父親，其實她知道得更多。

昨天下午的時候，他們兩人的性愛影片寄來家裡，她看了開頭。

容華記得自己摀住了嘴，才沒有讓聲音和嘔吐物同時從嘴裡衝出來。她用最快的速度把電視關掉，接著就坐在廚房裡休息了一陣子。不知道為什麼，她只怪那女人為何要這樣傷害她。她愛于恩宇太多了，多到自己都要嫌棄的地步。

天色逐漸暗了下來，她在自己的思考裡找不到出路。

模模糊糊地，她聽見父親說，不能教訓那男人，也要給那狐狸精一點顏色瞧瞧。

她含著眼淚沒有說話。這次她不再擋了。

「不要哭啦。」父親把水果盤推到她面前，要她吃一點。「傻孩子。」

儘管沒有任何胃口，她還是拿了一片水梨，眼淚掉在那片水果上。她的父親坐得更靠近了些，好讓她有個臂膀能依偎。

「好了，不要哭了。」歐正松撫著她的背，拿起一杯茶來，湊到她臉邊。

她應該找個像這樣的男人來愛。靜靜地，容華在心裡告訴自己。于恩宇根本配不上她。

10 小靜

今天是極為可怕的一天。一直到現在，我都還喘不過氣來。

不過是三個小時之前的事。那時我剛從家裡出發，老闆要我開車去家裡接她，我爬上了樓梯，看見她家的大門半掩著。

我喊著她的名字，但房間裡沒有人回應。

接著，我看見她躺在地上，鼻青臉腫，眼睛周圍都是血跡。

「麻煩……扶我起來……」她伸出一隻手，聲音微弱。

我急著要打電話找人幫忙，她卻左右搖著頭。

「幫我……把門關好。」她說。

「可是妳應該去醫院。」

她堅持不肯。於是我扶住她的肩膀，讓她歪歪斜斜地站起來，我依稀看見了她衣服裡面，腹部包裹著的包袱。

「我……要去……浴室……」

她才把話說完，便又昏倒了過去。

在急診室裡，醫護人員七手八腳將她抬上擔架時，我告知他們她懷有身孕。

我聽見護士呼喊著一個醫師的名字。他帶著聽診器走了過來，準備替她做檢查。那醫師帶著厚厚的眼鏡，匆忙地問著我跟她的關係。他眼角注意到有警察在門口等著。

「她是我的老闆。嗯。」我又結巴了起來，「我不知道，不清楚為什麼會這樣。」

我無法控制自己說話的聲音，剛剛在路上，我發現她被打得牙齒都掉了。

另一個女醫師拉開白色的門簾衝了進來。

「妳知道她懷孕幾個月了嗎？」

「大約，大約五個月。」

她掛上聽診器，快速地將病人的上衣掀起。

那隆起的肚子，不過是一個圓形的枕頭，用繃帶纏繞在她的腰間。

大家同時安靜了下來。

11 容華

當容華聽見于恩宇在門外的腳步聲時，她快步地坐下將電視打開，她得假裝這是極其普通的一天，儘管她今天中午跟那女人見面了。

江心怡本人比照片上漂亮。

容華不過只是坐在車裡，看著她在餐廳裡用餐，便明白于恩宇會愛她的理由。她擁有一股文弱的氣質，但眼神充滿力氣。容華在心裡揣測，或許就是靠著那股力氣，她才能讓纖瘦的身子挺著那脹大的肚子。

曾經有一刻，容華想鼓起勇氣過去跟她談判，但最後並沒有採取行動。她請餐廳的服務生，送一張紙條進去。她留了自己的手機號碼在上頭。

「驗孕確認是于恩宇的孩子後，請打電話給我。」

12 小靜

坐在手術房外等待的時候，我想起某天中午吃飯時，她主動跟我聊起的事情。

「妳知道嗎？大學聯考結束那天，我哪裡都沒有去喔。」江心怡說。

「直接回家睡覺了嗎？」我問。

「那種時候沒有人可以直接睡著的。」她搖著頭。

「喔。」

「我只記得自己好興奮，放下了一個重擔。身體變得非常輕。」

「都是這樣的呀。」我說。

「所以啊，我回到家，把課本放下以後，又再把英文的單字背了五百多個。」

「啊？這不太尋常吧。」

她對著我微微笑著，眼睛閃著光。

「這樣很舒服喔。」她舉起叉子轉了轉。陽光透進窗邊的玻璃，在她的周圍透出一種光暈。

「完全不停下來，一直一直往前走的感覺，就像有風吹著呢。」

我不曉得該怎麼接話，畢竟大學聯考結束以後，我連續看了三部電影，然後又睡了一天一夜。她果然不是普通的人。

「妳應該試試才對。」她建議著。那笑容如湖水般擴散開來，淡淡漾出了一個深深的酒窩。「一直超前的感覺，是會上癮的。」

沒有人知道我的苦。小靜，妳知道我的苦嗎？

我聽見有人喊著我的名字，總經理來了。

13 于恩宇

江心怡醒來的時候，于恩宇坐在病床邊。

她掙扎地坐了起來，扶著自己的肚子。

「我的孩子……」她擔心地說。

于恩宇心情複雜，他什麼都知道了。他要一個解釋，但他眼前的心怡，門牙只剩下一半。

「我的孩子啊……」江心怡努力地爬下床，但她支持不住身體的重量，她還不知道自己斷了三根肋骨。

「哪來的孩子？」于恩宇壓著脾氣問。

江心怡杏眼圓睜，不明白他莫名其妙的問題。

她摸著肚子，發現那圓形的枕頭早已不知去向。

「我的孩子呢？」她慌亂了起來。

于恩宇和她對看著，他不打算回答這個問題。這是江心怡要自己親口向他說明的事情。於是他等待著。

「你把我的孩子怎麼了？」江心怡咧開嘴巴，大幅度地上下咬動。她抓住自己的頭髮尖叫，眼角的傷口再度撕裂開，血水從縫線下方滲出粉紅色的液體來。

他抓住她的雙手。

「你是不是殺……殺死我的孩子？」

她的音量很大，其他床的病患家屬，轉過頭來關切著。

兩位醫護人員聽見聲音走了進來，于恩宇用手示意請他們先離開。

「孩子沒事……沒事……」他安撫著她，「妳只是累了。」

江心怡露出微笑。她將背後的枕頭，塞進衣服裡面，用手撫摸著。

「差點就出狀況了……」她說。「出狀況就不好……」

于恩宇爬上病床，將她抱在懷裡。原來這段日子以來，他搞砸的並不只是自己的人生。他把燈光調暗，聞著心怡髮間的味道。那味道變得陌生，他覺得害怕。

「恩宇……」過了一會兒，江心怡溫柔地喊著。

「嗯？」

「我有預感……這個孩子……會長得像你……」

于恩宇沒有說話，他一直用雙手環抱著心怡，直到她安心入睡為止。

14 江心怡

江心怡在上午出院後，回了一封簡訊到容華的手機裡。她確實告知下星期產前親子鑑定的門診時間，並邀請容華一起去。

沒有任何停頓，她把肚子上的圓枕調整好，穿上孕婦裝，便在中午回公司開始上班。她就像個負責的老闆，在會議室裡一一檢查之前交代小靜的待辦項目，不讓任何一件小事溜出她的腦袋。

同一天裡，容華把那影片裝進牛皮紙袋，放在于恩宇的枕頭邊。她離開了家，沒有告訴任何人，自己接下來的行程。

于恩宇在一個冗長的會議結束後，接到了岳父的電話。他把門反鎖，靠著落地窗，輕輕地坐在地上，沉默著。他知道自己該說一些話，但他最後只是把電話放在角落。

約定好驗孕的前一天，夜裡，江心怡從辦公室頂樓墜落身亡。

一雙紫色的平底女鞋，整齊地排在二十七樓的牆邊。沒有遺書，也沒有任何可疑的徵兆。

在尚未釐清其自殺動機前，警方仍須深入調查，他們無法排除他殺的嫌疑。

不過是一個無心的差錯。

15 終曲

江心怡的告別式舉辦在清晨。那天，是個濛濛的陰雨天。

除了小靜以外，所有公司的員工都出席致意。他們把疑問都放在心裡。

在殯儀館門口的不遠處，小靜一個人站在那裡。辭職以後，她把共用文件裡的檔案全部刪除了。

身穿黑色服裝的同事們，排成三列，由于恩宇夫婦帶頭捻香。

于恩宇緊緊牽著容華的手，緩緩走上前去。

「痛失英才。」

經過一旁掛著縣長歐正松送來的輓聯時。容華的手心被握得微微出汗。

他們依循司儀的指示，對著江心怡的照片深深一鞠躬。

那照片裡的女人，安靜極了。

這一生，她到底用自己交換了什麼？

就在那時，從兩人背後，傳來一道嬰兒嗚嗚咽咽的哭泣聲。許多人轉過頭看，卻找不到聲音的來源。

忽遠忽近地，那綿密的哭聲在靈堂裡悠悠地轉著。聽來很是委屈。

這麼多年來，我學會如果不想要更多，就能避免失去的墜落。
但該怎麼壓抑，無論如何，都想要放膽一試的衝動？

快速約會

活動定義：

快速約會，又稱Speed Dating，是一種經過組織性的聯誼模式。男女參加者付出一定金額，經篩選過後，得以參加活動，進行一系列三至八分鐘的相互面談。透過此種社交方式，陌生男女得以在短時間內認識十至二十位的潛在交往對象。

初次約會

「你說自己為什麼不換工作？」

她戴著一顆小小的鑽石項鍊，襯著動人的笑意盯著我看。在鎖骨的中間，那顆珠寶因為搖動而閃閃發光。今晚所有的女生中，無庸置疑地她最漂亮。像是一隻嬌美的獵豹不戰而勝地嚇走草原上的癩皮狗那般輕易。她嫣紅的嘴唇一面吐著問題，發出甜甜的聲音，一面用手指輕輕扣著那顆鑽石，像是一種說話的習慣。

「工作……要找到更好的，我要確定有更好的才能換。」

語無倫次的我，試圖讓自己在她浪潮般的魅力中鎮定下來，我是她眾多的獵物之一。

這時玻璃杯敲擊的聲音在遠方響了起來。

「各位男士請向右移動至下個座位。」將小小的麥克風別在領子上的主持人，活力十足地宣布著。

她欠欠身子，對我微笑。

「再見了，賣洗髮精的朋友。」

不過就是移動到隔壁的位子，我竟站起身來向她鞠了個躬，還對她揮揮手。

旁邊的男人覺得有點奇怪，不過他的目光很快就放到她精巧的臉蛋上了。

「你好，我叫曼蒂。」

她趁著那新來的男人還在結巴的時候，偷瞄了我一眼。

我又癡癡地跟她揮了一次手。

一個人的時候

從活動會場出來的時候，天已經灰暗了。

我在路上踢著一個空的寶特瓶走回家。在路上，我打電話跟朋友說，下次這種活動我不參加了，好尷尬。他還在自顧自說著裡面漂亮女孩的事情。

「那個叫曼蒂的女生真不錯，你覺不覺得？不過她說自己是做業務的。怎麼都看不出來不是嗎？」

我搖搖頭說不記得了。

我騙人，我滿腦子都是她的樣子。但這也不是很要緊的事。

「怎麼可能不記得呢？那個眼睛大大、皮膚白白的女生啊？」

這個社交活動，是從國外傳進來一種新興的約會模式，提供給繁忙的都市人交友的一種選擇。我是讓朋友給拉去的。因為我單身，對於下班以後，又一點具體規畫也沒有。

寶特瓶滾動著。我試著讓它發出重複的聲音。

「好多女生哪記得清楚啊。」我說。

每個星期，需要工作的那五天，我只留下一點點足以塞進吃飯洗澡跟睡覺的空檔，其餘都排滿各式各樣的會議，報表跟協商。這樣忙來忙去換得了不錯的薪水，充實的生活，也沒時間抱怨寂寞的日子，總覺得自己這樣過得挺好。

但我躲不了空空的週末。於是當朋友提議，我們一起去Speed Dating 吧，我找不出說不要的理由。

「你不要害羞啦，這幾個裡面你有沒有特別喜歡的？」他不放棄地在電話另一頭問著。

每個人都只能交談五分鐘，我要怎麼特別喜歡誰呢？

我不知道該怎麼回答朋友的問題，只好跟他說，讓我想一下，晚點跟你講。

在那密閉的場地裏面，每個人只有號碼，英文綽號和臉孔。

我想起在活動開始之前，主持人提醒我們，為了避免雙方尷尬，我們在談話時，必須遵守不問年齡，不問聯絡方式，不拍照這三項原則。等到配對成功，這些資料就會自然送到我們手中。

寶特瓶跟著我的腳步滾動著。再過十二天，我就二十八歲了。有時候我其實不迫切需要另一個對象。

倒是今天這個週末下午，一口氣認識了十二個女生。不得不說真是有點驚人。

最終還是沒有配對成功。因為那時，我甚至交出一張空白的單子，沒有做出選擇。

我又拿起手機，打給媽媽。自從她跟另一個男人住在一起以後，我就搬出家裡住到一個六坪大的套房去了。

我覺得自己是從那個時候開始，變成一個寡言的孩子。我有點生氣，覺得唯一能讓我自在說話的人，被另一個中年男子搶走了。我不再說很多話，單用一個冠冕堂皇的藉口，說是要離學校近些方便讀書，便離開了母親。

說起來那也是十幾年前的事情。

「喂？」話筒裡傳來媽媽的聲音。

「媽。我今天有事，這星期不回家吃飯。」我沒有事，我只是一下午都在說話，厭倦了這種感覺。

「你這孩子，我菜都買了。」

「對不起啦。」我說。

「自己再忙也要記得吃點東西。」

「好。」我說。「再見。」

我等到聽見她把電話掛上發出嘟嘟聲以後，才把手機移開耳朵。

我繼續走著路。一個人的時候，我覺得反而輕鬆。我不用控制誰，就能達成自己想作的事。接下來，我要買些炭烤小吃，租一部科幻電影，回家看一個晚上。

手機又響了起來，我踩住寶特瓶停下腳步。

螢幕顯示的，是一組未知的來電號碼。

活動形式：

在快速約會活動時，雙方可以詢問互相的情況並簡短交談感興趣的話題。主持人以鳴鐘或者敲擊玻璃杯控制活動的進行。在活動最後，組織者會提供一張表格，由參與者寫出自己心儀的交談者，如果兩人都列出了對方的姓名，那麼雙方將得到對方的聯繫方式。

第二次約會

我們約好在一個公園裡見面。十一點的時候，我準時出現在她指定的入口，她站在哪裡對我笑，看起來非常愉快，好像我們已經認識很久了。

「你那天為什麼沒選我？」曼蒂穿著及膝的花裙子，蹦蹦跳跳地走在樹林裡。

「我以為我們兩個聊得很開心耶。」

我抓著後腦勺，她是怎麼拿到我的聯絡方式的？我想也想不通。

而且她那麼漂亮，我不選她，實在是因為我不習慣作沒有把握的事情。

「我想妳應該會選別人。所以……」我說。

「你天生膽子就小嗎？」她問，帶著戲謔的口氣。「這樣錯過我不可惜嗎？」

我感覺路邊的人紛紛轉過頭看，或許因為她太美，或許因為我看起來很多餘的關係。

「妳還不是選了別人。那個叫傑瑞的。」我小小聲地回答。

「你果然很在意呀。」她深深地看了我一下，那笑意更濃了。我覺得不知所措。

「聊聊別的吧。」她接著說。

我點點頭。

後面的十五分鐘，我們談論了最近要來的強烈颱風，她希望能在週末，我則希望能在週一登陸。接著又聊了關於盲腸的必要性，她說聽說沒有盲腸的人，就沒有迴光返照喔。我回答，我只能確定我是有盲腸的人，就是沒有得過盲腸炎。

她說你這個人思考的方式很奇怪，我說對啊，公司很多作品牌行銷的同事，也經常抱怨這件事。

然後我們安靜地走了一段路。

秋天的風最舒服了。

「他喔，那個十二號。是我的夥伴。」她沒頭沒尾地開始一個話題，我加快自己的步伐以便跟上。

「什麼十二號？」

「你這個人真的很遲鈍耶，就是說Speed dating裡的傑瑞啊。」

「嗯？」

「我通常只記他的號碼，不叫他傑瑞的，他名字改來改去不好記。」

「你本來就認識他呀？」

風吹亂了她的頭髮，她用手梳理開來。

「嘿，李進同。」她偏著頭頓了一下，「不好意思叫你的全名喔，我喜歡稱呼一個人的全名，因為很有真實感啊。」

我說沒關係，我媽媽生氣的時候也這樣叫我的。

「你知道我是假的嗎？在那個活動裡。」她停下腳步，坐在兩棵大樹下中間的一個長椅上。吐了一口氣，像是累了。

「妳是假的什麼？」

她拍拍旁邊的位子要我坐過來。我聽話地走過去。

「那種聯誼活動，總會有些樁腳之類的人，你明白嗎？就好像要維持活動的水準而不能不存在的角色。」

我似懂非懂地點點頭。

「我就是這樣的人喔，」她指指自己的胸口說。我轉過去看她的臉，她的表情總有一種讓人很容易接納的成分。

「第一次參加那種約會活動，是跟朋友抱著好玩的心情去的。後來結束時，就有工作人員請我留下來，問我有沒有意願當他們的定期出席嘉賓。」

「你相信嗎？他們真的用嘉賓這個字眼……」

「所以妳並不是寵物食品公司的業務？」我張大著眼睛，不敢相信自己花了六百元參加的Speed dating，居然只是個幌子。

「當然不是啊。說老實話我很怕狗耶。」她皺起眉頭來。

我愣在一旁。虛假的事件總是讓我覺得不舒服。

「唉呀，你不要擔心啦。」她見到我驚訝的表情接著說，「也不是全都騙人。」

「只是會有幾個人，像我們這樣的，」她嘆了一口氣，「讓宴會上有一些光的感覺。」

光的感覺？我覺得疑惑，不過午後的陽光灑在她臉上，的確帶著金黃的色彩。

「我們都是套好公式的，以我來說，我就一定得選十二號那個男生。」她接著解釋。

「因為他付多一點錢嗎？」我問。

她搖搖頭。

「因為他也是**假的**。這樣作，就會配對成功。」她把兩個手掌合在一起，向我說明著：「你都不知道我跟他站在一起幸福地揮手幾次了，超過五、六十次以上吧，之後我就沒有在算了。」

喔。原來如此。我說。除此之外不知道還要說什麼。

「你第一次參加這種活動嗎？」她問。

「對啊。我很土。」我點點頭抱歉地笑。

「我記得你那天說，你好，我的工作是賣洗髮精的。我覺得很有意思。」

那天的主題是跨國企業組，只有在國際性公司上班的單身男女才能參加。我在快速消費性產業裡已經六年了，主要工作是建立髮類產品在廣告中的效果宣稱，輔佐相關實驗數據，向政府機關申請許可證明。

「我的確是負責賣洗髮精。」

她帶著調皮的眼神，模仿電視上的女星甩動秀髮的姿態。

「還負責賣潤髮乳喔。」她說。

「是的，」我不太清楚這件事哪裡好笑，「另外還有其他一些免沖洗護髮跟滋潤髮膜這類的產品。」

「但我其實想選你喔，」她甜甜地對我眨著眼睛，「如果那天不是正在工作的話。」

工作的時候

「你說這個『百分之九十七亞洲女性願意再買第二瓶』的宣稱，有什麼問題？」

下午一點四十五分，我坐在辦公室裡剛剛吃飽飯。一個女同事扠著腰，將文件依序排在我面前，我調整了一下眼鏡。

「嗯，我們一項一項來看。」工作的時候，在證明別人說的話是正確以前，我都先假設是錯的。這樣才能繼續探究下去。

「這個百分之九十七的依據，是六百個樣本測試出來的問卷對嗎？」我問。

「樣本數目當初是你建議的，不要現在才跟我說不行。」她不耐煩地點點頭，那馬尾左右擺動著。

「問題出在這六百個女性，全都是台灣人。」我想了想，在筆記本上寫了一些字，她還沒有意會過來。

「另外，」我繼續問著，「關於『願意再買第二瓶』這段話，是怎麼出來的？」

「問卷裡的第四題啊，使用過後，您覺得是不是好用，百分之九十七的樣本都勾選了『是』呀？」

「可是覺得好用不代表願意掏錢出來買。」我說。「認定上會有問題。況且她們連第一瓶也沒有買，是你送她們做試用的。」

她焦急起來了，「那你說該怎麼辦？我去求她們一次買兩瓶嗎？」

「第一，光是台灣女性的測試，並不足以代表全亞洲的女性；第二，覺得好用這個結果也不能支撐會產生購買行為的論點，況且是願意再買第二瓶……」我伸出一根一根的手指加以說明，她的臉部表情開始痛苦不堪。

「那怎麼辦，我產品下個月就要上市了……時間緊急啊……」

「上市前一定要通過衛生局許可，基於時間的因素，安全起見，只能將宣稱改成『百分之九十七台灣女性使用產品後感覺滿意』。」

「**感覺滿意**？這樣產品力很弱耶。」她揉著脖子抱怨道。我聳聳肩，表示同情。

她開始抓著頭掙扎著其他變通的模式。「『**感覺**』這種東西不值錢……」

「除非我們重新調整實驗方法，證明消費者主動買了一瓶以後，又接著買了第二瓶。」我說。

「那我可以第二瓶作半價嗎，促使她們多買一瓶？」

我搖著頭，「這樣做會變成『百分之九十七台灣女性因為特價才買第二瓶』。」我穩著音調回答。在心裡面，我開始覺得有一點點好笑了。

「唉呦，你這個人可不可以不要這麼小心啊？」

我對著她苦笑著。我們都知道，在必要時刻踩下煞車是我的職責所在，我不能讓公司暴露在任何多餘的危險之中，公司付我錢就是因為我很保守小心。

她抱著產品跟報告喪氣地走開了。我瞧見一個男同事正朝著我坐位的方向走來，便趕緊趁著空檔時間翻動著文件。等會兒要跟他解釋實驗報告中，「防止頭髮從中間斷落」跟「強韌髮根，避免掉落」兩者天差地遠的不同。

唉。今天還有其他九個報告等著我。

大家都知道，我一向不是那種具有挑戰精神或是富有想像力的人。大部分的時候，我計算著風險度日。

這也是沒有辦法的事情。

活動優點：

研究發現，平均一個月內，一個人在普通社交圈只能夠認識一位單身異性甚至更少，而在Speed Dating配對的一次聚會中大約可以認識十多位希望找到另一半的異性。不同的Speed Dating對參加者有不同要求，例如學歷，年齡，行業，興趣等，繼而令參加者雙方都更容易找到乎合條件的對象。

第三次約會

新的週末很快就來了。曼蒂的來電也跟著響起。

在電話裡，我問她，你一直私底下約我出來，最後要加錢嗎？

「這句話很傷人喔。李進同。」

我說，請不要誤會，我絕對不是那個意思。只是有點好奇而已。

她沉默了一會兒，接著說，「那麼我們今天去爬山好嗎？」

「好啊。」我說。反正我也沒有其他的事要做。

跟平地不同，山裡飄著微微的細雨。她堅持不撐傘，買了黃色的塑膠雨衣。

同樣的雨滴，留在她臉上的那些濕潤，就多了不同的氣氛。

「今天不用工作嗎？」

「今天的組別不適合我，就沒去了。」

喔，我說。想再多問，但她一直賣力地向上爬著樓梯，她今天穿著一雙男孩子氣的藍色球鞋，很好看。

「什麼高挑模特兒組嘛，真受不了。」專注行走的她在前頭碎碎念著，腳步越來越快。

抵達山的中間，不過花了半個多小時。我們在涼亭稍作休息，她變得比上次安靜很多。

我有點不習慣，之前一向是由她主導話題，我負責應答的部分。關於約會和交談，她是這方面的專家。

「跟我說說你的事情好嗎？我很想知道。」過了一會兒，她才開口。

「很乏味的。」我說。

「即使很乏味也想聽你說啊。」

於是我打開水壺喝了一口茶，便開始描述自己每天的生活。

「早上起來我會先做運動十五分鐘。」

我是這樣開頭的。

「是那種原地跳，上下擺動身體的體操。」

「李進同很健康的樣子啊。」她帶著不可思議的眼神。

「不，不是的。」我搖搖頭。

「主要是一種系統轉變的機制，這是我的設定，要這樣跳上跳下的，把自己是人的感覺盡力甩乾淨。」

「說實在我的工作是非常機械化的，所以本人要越像機器人越好。這樣做實驗看報告的時候，思路才會清楚。那些同理心或其他合理化的情緒，會打亂我做事的方法。」

「這種事情就是快速約會聽不到的呀。」

她身體微微向我傾斜過來，露出想多聽一點的表情。我便接著說下去。

「做完體操以後，我就刷牙洗臉。在那個過程中也繼續上下跳動。」

「刷牙也要設定時間嗎？」

「當然有啊，三分鐘整，一百八十秒。」

「那你有按碼錶計時嗎？」

「一開始有啦。後來就習慣了。」

「看來我們有共同興趣喔。我也很會計算時間。」她上下點著頭，若有所思地說：「每次辦約會活動的時候，在交談滿五分鐘之前的五秒，我都會在心裡數著五、四、三、二、一──」

「然後玻璃杯就被敲響了嗎？」

「分秒不差地就會響起來。」她驕傲地握起拳頭。我笑了出來。

「如果可以的話，我也盡量把這份工作用機器人的方法去做呦。畢竟做久了，感情跟男生這種事情看得清楚以後，也都是一樣的。」

她的聲音低沉下來，我點點頭。彷彿看到一群禽獸坐在她的對面，傻傻地流著一排口水。

在她心裡，我是不是也像發情動物那樣存在著呢？

「不過，李進同同學，跟你交談的那次，我就沒有去倒數時間呢。」

這下換我驕傲地握起拳頭了，我誇張地作出了一個大力士的姿勢。

她用手指戳戳我的肩膀。鋼鐵般的肌肉嗎？她呵呵笑著說。

她讓我想起小青。我國中暗戀的女生。儘管是完全不同的長相，但說話時帶著調皮的笑，是相同的神情。

我們站起來繼續爬著山，雨停了，山裡漾起一陣濃霧。那霧泛著香香的味道，我總覺得霧氣是一種上帝製造的自然催情劑。

「李進同，麻煩再接著說你的一天啊。」

「喔。接著我就會搭公車去上班。用正常的步伐，大概走三百四十步左右就能到站牌。進公司以後，就會有一疊一疊的資料跟申請書信這類的東西放在我的桌上。我將信件看完，把通過審核的產品擺在右邊，需要再次申覆的放到左邊。」

「審核的過程很嚴格嗎？」

「就像被你們這些女生審核一樣困難啊，」我說。「所以我左右兩邊紙張的高差大概是這樣。」我用手比了一個約莫六十公分的高度。

「那麼你作過最厲害的廣告宣稱是什麼？」

「帶有數字性的效果宣稱吧，保證七天就能修復百分之八十的毛鱗片這類的。」

「相當不錯，將來看到洗髮精有這樣的標語，我就會買的。」

「當然呀，這是作過市場調查的，」我說，「市面上百分之六十七的都會女性會被這句話打動，進而產生購買行為。主要原因是從二〇〇六年至今，染燙造型的比率逐年上升八至九個百分點……」

「你講話的樣子真的很像機器人。」她瞇著眼睛向著山頂看，額頭滲著汗水。

「我可是因為知道這是李進同做的辛苦實驗，才產生的支持性購買喔。跟你說的那些調查都沒有關係。」

我拱手作揖，露出感激的表情。

太陽漸漸下山了。不知道為什麼我還是覺得很熱。我決定換個話題。

她讓我想開口說話，這是我自己都不了解的部分。

「那天活動結束後，我接到一通電話，問我要不要再多繳一點費用，下次可以升級到素質更好的女生族群去。」她走在前頭時，我在後面坦白跟她說。

「公司真缺錢。」她嘆了一口氣。「加錢就是去參加更多美女樁腳的聯誼活動啦。你後來同意了嗎？」

我左右搖晃著腦袋。

「沒有。我倒是想不出會有比你可愛的女生啊。」

「但是從二〇〇六年至今，可愛女生的比率逐年也上升好幾個百分點吧。」

她轉過身來面向我，一板一眼地學我說話，我覺得很窘。我知道，儘管發自內心，我稱讚人的方式依舊很彆扭。

在黃昏的光暈中，她鄭重地伸出右手來。

「嘿，機器人李進同。你應該感覺得到喔，我真的很高興認識你。」

我跟她友好地握握手。她的手柔軟細緻。

這樣算初步審核通過了嗎？

我問著自己。

尋找的事情

之後我們有兩個星期沒有聯絡。我曾經想過主動打電話給她，但我拿起電話，就覺得害怕。

我跟別人不同。一直以來，我習慣要事先評估好風險跟機率，才能功能正常地做下一步的規畫。不然到時就連話都說不清楚。

在她所有說過的話裡，有沒有喜歡我的痕跡呢？

我在夜裡仔仔細細地回顧著。

嘿，跟你講個故事喔。她一面說著話，一面走在濕軟的草地上。

「一個老公公要出去買東西，老婆婆說想吃霜淇淋。」

「老婆婆說，你還是拿支筆記下來吧，我怕你忘記。」

「老公公說沒問題他可以記得。」

「但我的霜淇淋要加草莓。老婆婆要求。」

「好。草莓霜淇淋。老公公回答。」

沒有任何原因，平常的我雖然喜歡安靜多一點，但我相當享受她說話的樣子。

怎麼說呢？就像是春天裡一隻可愛的小松鼠在唱歌。

「老婆婆說，你還是拿支筆寫下來比較清楚。我的霜淇淋還要加點奶油。」

「老公公說，不用啦，草莓，奶油，霜淇淋。我記得住。」

我也默念了一次，草莓，奶油，霜淇淋。

她吞了一口口水，淘氣地看了我一眼。

「二十分鐘以後，老公公買回來一個培根蛋給她。」

「啊，慘了。」我說。

「老婆婆看了一眼培根蛋，火大了，她說：『我就知道你會忘記！』」

「接著她又說，『我的吐司呢？』」

「哈哈哈哈。」我笑得停下腳步。人居然可以老到完全不記得自己要的東西是什麼。她也站在我的旁邊，很滿意地跟著笑了。我們就站在健走、遛狗、野餐的人群中間，笑了一陣子。

「李進同，」過了一會兒她說，「我尋找的就是這個喔。」

「嚴重的健忘症嗎？」

「儘管霜淇淋跟培根蛋的差別很大，」曼蒂一個字一個字地說著，像是怕我聽不清楚似地。「兩個人還是互相依靠的感覺。」

我轉過頭看她。剛剛不是講一個關於老人家腦袋不清楚的笑話嗎？她的眼睛看著遠方，我們腳下是台北盆地，小小的房子車子和閃爍的光，像樂高城堡一樣組合在一起。

「妳說的是戀愛嗎？」我問。

「也不是。是單純的依靠喔。一個人忘記了，另外一個人也忘記了。兩個人還是可以繼續相處下去，彼此依靠。」

在某種程度上，我好像了解她說的東西，但又不是完全明白。我因此沉默了下來。

她繼續說著。

「你不覺得很棒嗎？在世界上能找到另一個人，可以一起愉快地聊天過日子，不用一輩子只靠自己，是稀有的事情呀。」

我幻想著她在此刻靠上我的肩膀，我便能輕輕地牽她的手。但一切都沒有發生，她只是側臉對著我，吸進長長的一口氣，接著吐氣。

我也跟她看向同個方向。任何一句話，都會壞了那氣氛。

那個霜淇淋與培根蛋的笑話背後，藏著除了我們以外的其他人，沒有辦法理解的含意。

廣告：

你是「不婚男」或「不戀女」嗎？你知道工作可能是害人無法結婚的絆腳石嗎？工作環境單純，難以遇到適婚對象的你，請提起勇氣，勇於追求一輩子的幸福愛情吧！

本場次尋求：

業務、行銷企畫、編輯、空服員、公關。男：22～38歲　女：22～36歲。

熱情大方，健談之單身男女！

再一次見面

「嘿，關於老人的笑話，我也要說一個。」我說。我之前特地在網路上查好一個笑話，想要跟她分享。

冬天到了，寒風吹著她的臉頰，她的頭髮長了，那獨特的女人香味在我身旁搖盪。

沒有事先約好，但我們同樣穿著棕色的外套、黑色的牛仔褲在街上走，就像一對情侶。她還多了雙紅色的手套。

「第一年，一群老人在一家餐廳吃飯。因為這家餐廳的菜特別好吃。」

「第二年，這一群老人又回到同一家餐廳，主要是這家餐廳離老王家近。」

「第三年，他們還是在這家餐廳吃，原因是門口有斜坡，可以順利把輪椅推進來。」

「第四年，他們又選了這家餐廳聚會。」

笑話進行到高潮，我轉過身看著曼蒂，她也很認真地看著我，眼底藏著期待。

「因為……」看著她的臉讓我莫名地緊張，我的腦袋一片空白，只好趕緊把印有笑話的紙張從口袋裡拿出來看。

「因為……等一下、等一下……」

我們站在馬路旁，綠燈了，人群往前移動，我的臉不知不覺脹紅。

「沒關係，你看好再講。」她已經開始笑了。

「喔喔，這群老人在第四年又選了這家餐廳，因為他們說，這是一家新餐廳，他們從來沒有吃過，很想試試看。」

她摀住臉一直笑個不停。我手上還捏著那張紙，覺得自己很笨。

「唉。我講失敗了對嗎？」我問。

她依舊在笑。分不清楚是因為這個笑話還是我本身好笑。紅色毛線織成的手套佔滿了她整個臉。

她是約會高手，而我不是，這件事再清楚也不過了。

之後我們又陸陸續續地見了幾次面。大部分的時間，我們在路上走著聊天，她告訴我一些好笑又新鮮的事，我則解釋著一些關於洗髮精成分的話題。她沒有提過她真正的姓名，我也沒有追問的意思。她會不會其實有男友，會不會最後跟我結婚，都不在我們談論的範圍。

我們很少坐車，想要去哪邊，我們就花多一點時間走過去。

接著耶誕節就要到了，媽媽織了一條耶誕樹的圍巾給我。

我想要約曼蒂一起到餐廳吃飯，但也要帶媽媽一起去，這些年來我都跟媽媽一起過節。

我打電話給她。由於冒了多餘的一點風險，讓我呼吸急促。

她答應了。是以朋友身分對嗎？她問。

我想要積極一點，就像其他男生會做的事情一樣。但我只是什麼都沒說。

「我們可以先去散步嗎？下午的時候？」她又問了另一個問題。

我看見隔壁鄰居的孩子，興奮莫名地抱著一隻麋鹿玩偶跑過門前。

等會兒要去問問去哪裡買的，我想她應該會喜歡。
跟她約定後，我把電話放下，將皮夾放進牛仔褲口袋裡。
有史以來第一次，我要去買耶誕節禮物，給一個一同散步聊天的女孩。
而那些想不清楚的事，我就先不想了。
我帶著滿足的心情，這樣告訴自己。

當然不一定能像想像中簡單，但也絕對沒有想像中的難。
堅強的人是這樣的，
一個計畫做不到的事情，我就多做一個計畫來補強它。

新婚計畫

他就那樣躺在那裡，無聲無息地，在一個金屬的鐵床上。

我套著淺粉色的防護衣，隔著加護病房的玻璃窗看著他，在白色的空間裡，他看起來好小。我得用手掌摀住嘴巴，才能壓抑自己大口嘔吐的衝動。

他們說，他不會醒來了。

上一刻，我還和他通著電話。我站在我們打算要買的屋子前，等他把車開過來。那房子的外觀好美，「大片落地窗喔！」我興奮地說著。

「那我們就刷個十張卡買了吧。」他開著玩笑回答。接著我們又聊了一陣子關於新家的事，他問我該在哪個巷子轉彎，我聽見馬路上的車聲很大，不似小巷子這邊的寧靜，我用肩膀夾著手機說：「等等，讓我看一下地圖。」

當我再將手機拿起來的時候，電話就斷了。我試著再撥了好幾次，沒有人回應。

那是午後的黃昏，一隻咖啡色短毛的貓咪正呼嚕呼嚕地打著盹。我站在陽光底下等著他來，不時回頭瞇著眼睛看看房子前面那片落地窗，幻想著搭配上一套美麗窗簾的模樣，那時我想的，都是關於我們剛剛開始的新婚計畫。

後來打給我的，是一個不認識的警察先生。

那警察一開頭就跟我確認他的身分。他急促地用短句子形容著一個身高一百七十五公分，身穿白色運動外套的男子。我請警察把電話給他，讓他跟我講話，警察卻回答說他已經不能講話。

「為什麼？」我問，警察沉默了一下，像是留了一點時間在腦中搜尋適當的說詞後，才接著回答。

「現在很難判斷他的情況喔……」我聽著他猶豫的聲音，他停下來跟旁邊的人又低聲說了幾句話，「不過請妳先有點心理準備吧。」

為什麼？

後面他試圖描述傷勢的那一段話，在我腦海裡轉變成一段沙沙沙的雜音，我無法具體再次說清楚。我只記得，聽到消息時，我沒有像電視裡演的那樣把電話摔落，接著昏倒在地上。我反而站得直挺挺地，像個憲兵似地站在原地動彈不得。

警察表示，他得先確認我跟傷者的關係。

「哪家醫院？」我問，陽光刺得讓我睜不開眼。

「小姐，妳是他的家屬嗎？」警察緊張地重複著問題。

「哪家醫院？」我幾乎是用吼叫的方式，又再問了一次。

然後我開始奔跑。正好遇上下班時間，我坐上一輛計程車，車子進退兩難地卡在車陣中，我聽見廣播裡主持人在賣力宣傳著一種治療偏頭痛的藥。我想起搭捷運或許會快些，便丟了兩百塊下車，繼續邁開步伐往前跑。我跑進捷運站裡，拉起裙子想要跨過閘門時，電話又響了起來。我發現自己左腳的鞋子不見了，車站的服務人員走過來把我擋住，他說小姐請先買票喔。電話鈴聲很急，售票的機器還在找錢，我開始哭了。我始終沒有把電話接起來，我知道後面可能會發生的事情，所以我不敢接。

他不會醒來了。

他的父母來到醫院的時候，他還在急救當中。我坐在急診室外面，家屬等候區的椅子上，身體又回復成麻痺無法移動的狀態。護士小姐把兩個老人家帶到我身邊來，他們比我印象中的樣子還要狼狽許多。

我想起上次見到他們，是一起過中秋節的時候，他們正七手八腳地在老家後院烤著肉片，一見到我，立刻漾開了愉快笑容，好像是活在一個從來不曾傷害人的溫柔世界中。

但如今步履蹣跚的兩個老人，挽著手靠近我身邊，什麼也沒有說。我感覺自己像是被劇烈搖晃的汽水瓶，滿滿的氣體就要從裡面爆炸開來。他的媽媽用手摸摸我的肩膀，我本能性地躲開。

「我們什麼時候能進去看阿雄？」她問。

我說，「可能，還要再等。可能。」

過了好像很久，或說是時間凍結了一陣子才重新開始流動。穿著綠色手術服的醫生，從層層自動門裡走出來。我們一起走向他，心裡帶著莫名其妙的期待，暗自希望能聽到醫生說，沒問題，不過是皮肉傷而已。

但他在開口之前深吸了一口氣，那表情像是考試時寫不出正確答案的小學生。

他不會醒來了。

相信任何人看過那輛車後來變成什麼樣子，心裡的期望就會自動降低很多。

警察在事故現場拍了好幾張各種角度的照片，那車子變成了一團不規則的鐵球狀，讓人絲毫分辨不出當時買下它的樣子。往後的日子，我在夢裡總是見到他卡在車子裡邊出不來，我想伸出手去握住他的手，卻還是一樣地全身僵硬。他掙扎地呼吸著，用嘴唇念著我的名字，我好沒用，只能站在旁邊見他漸漸被壓進廢鐵裡，嘴唇變成紫色。他最後放棄地用眼神安慰我，那眼神讓我痛苦地想死，我就這樣反反覆覆地掙扎，直到再也看不見他的臉為止。

守在他的床邊時，我常常想起我們以前的樣子。我說話喜歡比手畫腳，聲音特別大，他則是安靜地在旁邊聽，然後跟著笑。他不像我，總沉溺於各式各樣的計畫裡，他負責站在我身邊，確保我的事情，能執行得順利。

別人都說，我們就像福爾摩斯和華生，我開始一個想法，他會幫我做好細節的部分。

我相信在某個程度上，我們是依照彼此需求而被造出來的。我活得積極又頑強，他倒是優雅又緩慢。我們兩個一起去過肯亞當義工，一起養了一隻小兔子。他是負責在計畫執行時掩護我，在任務完成時欽佩我的那個人。他是我的華生。我們兩個在一起，缺一個人故事就不精彩。

但他好像醒不過來了。

時間滴滴答答地，用曼妙的姿態踩著我的噩夢滑過。第五十二天，阿雄睜開眼睛。第一次，我看見了希望的光。

我抓著他的手叫著人來幫忙，從外面跑進來的值班醫生用手電筒照著他的眼珠，把他推到其他的房間作檢查。他們說，睜開眼睛是一個好的開始，我相信地笑了。

但幾個月過去後，他終究留在原地，沒有好轉。醫生於是改變了說詞，開始說他康復的機會很渺茫。看到我流下眼淚來，他趕緊再補充未來醫療奇蹟出現的可能。在對話中，我們雙方都明白，醫生只是客氣罷了。

從此以後，他睜開著的眼睛，幾乎二十四小時都未曾閉上，他用唯一能轉動的右眼，直直看向我。曾經我們無話不說，但現在，各式各樣的話，我卻再也說不出來，他瞪著我，像是在問：「發生什麼事情了？」我無法直接回答，大多數的時候，我選擇轉開視線，繞到病床的另一邊，撫著他的背，替他抽痰，要他快點睡吧。

他怎麼能不醒來呢？

我一直阻止自己去回想，他在求婚的那天，曾經對我說的話。

那天在我家附近的公園裡，我們邊走邊吃著豬血糕，他一時興起說要幫我算命，我們便往一個石桌子邊坐了下來。他裝模作樣地抓著我的手掌看，接著說：「小姐，近期內會有喜事喔。恭喜、恭喜。」

「最好是這樣。」我對他做了一個鬼臉，笑著想抽回手。

「不準的話，妳可以回來找我。」他堅定地，帶著認真的表情回答。

然後，他拿出了一個鑽石戒指，放進我的手心裡。

我迎向他的臉，黑夜裡他看起來不像平常那般真實，他見我愣住了，便笑得有點不好意思。

「怎麼樣？準不準？」輕輕地，他把戒指套上我的無名指。他的眼睛裡，我看見一些比小時候期望中還要更美好的東西。他沒有問我願不願意嫁給他，那時候，我們只是坐在一起，福爾摩斯與華生，被夜晚微微的風吹著。

病房外面的走道上，掛著一個圓圓月亮的塗鴉，那白白的光暈讓我聯想起那個夜晚，他笑起來的樣子，那不自覺緊皺的鼻子，加上一些些害羞的神采。我永遠都沒辦法像他笑得那樣惹人喜歡。

我失去了他，但不只是單單失去他，還有很多其他的東西。舉例來說，我不再抬頭看著天空，每天，都是沒有月亮的晚上。

他什麼時候才要醒來呢？

後來的一年九個月，狂風暴雨似地過去了。我在病房裡幫他過了三十一和三十二歲的生日。每次切蛋糕時，我都真心地許願，他終究會好的。

當我在護理站分送蛋糕給醫生護士時，他的爸爸走過來站在我身邊，他接過我手上的小蛋糕，勸我不要這麼傻。

「妳沒有義務一輩子這樣。」他緩緩低下頭，「阿雄不能讓妳一直這樣照顧他。」

「我有我的計畫。」我淡淡地說。

他會好起來的。我頑固地朝著這個方向想著。是這樣的想法組織我的身體，讓我能夠每天醒來著裝，按時走到醫院裡來。阿雄不可能什麼都不顧地就這樣拋棄我，**他絕對不是這樣的人**。不是很多人都說，醫學科技的發展神速，神經元再生的時代即將到來？那麼，總有一天，我相信那個厲害的科技，便會像王子親吻公主那樣，把阿雄沉睡的那部分輕輕喚醒來。

而我只需要一個完善而全面的計畫，讓我們目前的狀況足以支撐到那個時刻到來。

我將原本用來準備結婚的積蓄，投資到基金跟股票中；我積極收集車禍事故的證據，與律師討論賠償問題；每天出門前，我還是強打精神化妝打扮。我知道，他看得到我，而當他醒來時，我依舊是他美麗的未婚妻，我們是過著幸福快樂的新婚夫妻。

他會醒過來的，只要再給他一點點時間就好。

接下來三十三歲的那一年，不知道什麼原因，一次發生了很多事情。對我們來說，他的長期臥病不僅僅是精神上的折磨，同時也花光了原本我們要買新房的錢。我跟他的父母，都陷入了財務困難。漫長的法律訴訟，讓人忽上忽下，我覺得自己像是掉到陰暗的洞穴中，偶爾降下來一條長長的繩索，偶爾又有落石坍方。

某日上午，主治醫生約我們一同坐在小房間裡，他走進來對著我們頷首，一邊打開阿雄的腦部斷層掃描片，開始解釋著血塊的位置。那東西我永遠都看不明白。過了一陣子，醫師作出了結論，在未來三個月內，他的右眼將會永久失明。

「等一下。」我說。「請等一下。」

我揮著手站起來，自顧自地退到門邊。我有一種預感，醫生只要再多說一句話，我就會被看不見，在陰暗角落等待的猛獸生吞活剝。

他的父親不可置信地搖搖頭問：「你的意思是，將來阿雄只剩左眼看得到？」

他的左眼一開始就對光線沒有反應。」醫生想了一下，有點不知道怎麼回答。

「所以，嗯……」

他看著我們，沒有把話說完。

他的父親低下頭喃喃自語了起來：

「阿雄還不夠可憐，現在不能動，以後兩眼也看不到，但還是活著？」

一直沉默著的母親，用緩慢而顫抖的聲音問：「那他會覺得痛苦嗎？」

大家都沉默了。

醫生抿了抿嘴唇，思索著該怎麼回答，才不顯得太過傷人。他不太自然地把眼神轉到閱片架上，彷彿重新再用別的角度看一次，事情就會好轉過來。

「腦部的活動……很難說。」他支支吾吾地用食指比劃著前方。

「當病患失去了視覺上的外部刺激時……」

一直強作鎮定的父親，終於控制不住情緒。他沒有讓醫生把話說完，便突然從椅子上跌落，跪在地上爬行著，雙手合十。

「請您幫幫忙，就——讓——阿——雄——死——了——吧——」

醫院明亮的燈光下，那個原本嚴肅少話的老人已經不見蹤影。他滾落在白色地磚上，嚎啕大哭著，就像一個無依無靠，找不到路回家的孩子。

他真的不會醒來嗎？放棄的時候到了嗎？

下午，腦科主任將整個醫療小組都帶來了。他打開厚厚的病歷表，解釋能讓阿雄保持視力的方式。他說，或許藉由手術能清除血塊，但結果很難預料。

他的父母聽完了以後，還是不忍心在沒有任何好轉的保證之下，讓他再受一次開刀的折磨。因此決定維持原來的樣子，將開顱手術的計畫放到一邊去。

夜晚，另一個女人有自己的計畫。他的母親一口氣吞下了整整一個月的處方安眠藥。等到被人發現的時候，她已經一動也不動，進入深深的夢了。

阿雄，媽媽來陪你一起。

她的遺書裡，我只看了第一句話，就沒有辦法再讀下去。

可能，還要再等。可能。

我原本保持現狀等待救援的計畫，就這樣徹底崩潰殆盡。後來的那一個月，我強迫自己去探望他的時間，從一天一次變成三天一次。

每次，走進病房時，我都在心裡暗暗盼望他醒著的時間不要那麼多。我無法面對他張開著的眼睛，像是問著我，現在該怎麼辦才好？空氣裡淡淡的尿騷味和濃重的巨大沉默，都告知我已經失去大部分的他。我們都沒有重新開始的方式，因為他還是用某種程度的方式活著，一切都非常艱難。

我不得不承認，這些事情發生以後，在我的裡面，有些東西隨著時間，逐漸鬆動了位置。每天回家卸了妝，我站在鏡子前，感覺自己像個男人，身上扛的東西卸不下來。如果他再也看不到的話，我化妝又為了什麼呢？

如果你不醒來，我能為你做些什麼呢？

由於無法再為他做任何的積極性治療計畫，院方建議我們辦理出院手續。

出院前的那天晚上，我發現自己**中**、**了**、**樂**、**透**。

我抓著獎券坐在病房裡，對著電視上公布的號碼，頓時愣住了。

我站起來又坐下，坐下又站起來。他的右眼盯著我轉。誰也想不到事情會是這樣發展。

福爾摩斯居然中頭獎了?!

如果可以選擇，我寧願不要這個。

我只要他醒來。

但人生很多時候，沒有以物易物的選項。經過詢問之後。扣除掉百分之二十的稅款，我可以實際領取一億七千萬。

深夜中，我轉頭望著他的臉，他依然清晰而焦灼的目光，像是鼓勵著我什麼。

另一個計畫的可能性，就這樣飄進了我眼前。

現在我有足夠的錢了，於是我便開始了夜以繼日的數字計算。

為阿雄安排好終生的看護與扣除將來的醫療費用後，我不顧其他任何人的想法，便決定要把剩下的錢，花在我們兩個人說好的蜜月旅行上。

那是我們一起夢想的新婚計畫，去尼加拉大瀑布，在加拿大和美國交界處。

這本來是輕而易舉的一件事，但阿雄的情況複雜，我需要更徹底的研究。

我知道，跟我具有同樣遭遇的人並不多，因此這個計畫並無法依賴別人過去的經驗來達成。為了避免整個準備過程太過挫折，我只能把每一件事分開，列成一個個小項目，並且試圖逐步完成。

我在計畫本的第一頁寫下：十天的旅行，三個月內到達目的地。四十五天準備。一天至少做好兩件事情。

我從在網路上尋找資料開始，接著填寫文件；到對方的辦事處訂定日期，協議價格，簽妥合約。另外預約了一家能夠運載特殊需求的病患，跨國飛行的醫療專機。

同時，我找了一組隨隊人員，一共四個人，其中包含一名醫師，兩名護士，外加一個相當有力氣的搬運工。我一天面試五個人，在一星期內選定合適人選，談妥合作條件與相對應的付款方式。我要求他們從出發前的一個半月，就來照顧阿雄，了解他的生活模式。他們將負責我們旅行時的看護照料。

我也幫自己組了一個諮詢團隊。我的記事本裡有十幾個律師，翻譯，旅行社跟社工人員的聯絡方式。幾乎每天我都個別與他們見面開會，討論攜帶一名半昏迷病患出國的相關事宜。

然後，我分頭打電話給外交部，當地旅遊局和加拿大駐臺代表處尋求協助。我明白表示了自己的心願，還將阿雄的照片跟醫生診斷寄了過去。

時間緊急。我說。他就快要連一點點風景都看不見了。

在一個月內，我們的機票，加拿大簽證和特殊入境降落許可證都寄到醫院的地址來。我捧著那些資料，手心微微地出著汗。

能夠幫助你們完成蜜月計畫，是我們的榮幸。在厚厚一大疊文件中，一位辦事員用工整的字體寫著。

出發的那天，是個月亮剛剛探出頭的傍晚。

我特地戴上了他送給我的結婚戒指，跟隨行人員把他運上飛機去。那些橡膠做的皮質固定器、鼻胃管、尿袋、氧氣罩，和數不清的管線機械，把他像木乃伊一樣地五花大綁了起來。他的父親來送機，雖然眼中仍免不了些許的擔憂，但還是扶著阿雄的肩膀，祝福我們玩得開心。阿雄對著他們眨了一眼。

當機上服務人員終於做完最後的檢查，告知我們即將在十分鐘後起飛時，我終於放開他的手，坐到旁邊的椅子上，綁好安全帶，和躺在床上的他，隔著兩步的距離對望。

靜靜的空氣中，我在他的眼神裡，感覺到一點點不屬於痛苦與寂寞的東西。

我說，「華生，我們一起去調查一下大瀑布吧。」

接著，我們就在夜空中，與飄浮在一旁的月亮，一起睡著了。

十四個小時後，飛機抵達了多倫多。當地安排的醫療團隊前來接手，我們進了醫院，接連休息了三個晚上。在確定阿雄的身體狀況穩定後，一個溫度適中的晴朗天氣裡，我們搭上救護車繼續向目的地邁進。

一切都像是巨大的探險。兩個小時後，我們搭上一條中型的船，船上已撤下原有的鐵製座椅，好讓擔架能夠放進去。平日下午的時間，並沒有很多遊客。穿上藍色塑膠的雨衣，引擎聲震得我耳膜發痛。而尼加拉大瀑布，就以驚天動地的方式，橫跨在我們眼前。

福爾摩斯成功完成了任務，而你，還是我的華生嗎？

「你看，我們到了。」我說。終於無可抑制地，像個小孩一樣地流出眼淚來。

那是從他出車禍那天到現在，我第一次在他面前，那樣肆無忌憚地哭。

我靠近他的耳朵說，「這樣的景色，一定要永遠記在心裡喔。」

他沒有出聲。

「你會好好記住嗎？」我再問了一次。

他閉上眼睛，再慢慢張開，我知道，那是他對我說好的方式。

從天而下狂野奔流的水浪，產生了大量的霧氣，在濛濛未知的船上，我們都有點激動。

不知道什麼時候，我開始唱歌，那是我們兩個最喜歡的一首兒歌。

有一隻鄉下老鼠要到城裡去……到車站也不知道坐在哪裡好……

我想起他總是在我心情不好時，流轉著眼神，裝成小老鼠的模樣唱著這首歌。

一股酸澀的感受，在我的喉頭蔓延開來。

嘟一聲嚇了一跳閉眼跳上去……一開眼看見左右正在車頭裡……

在吵雜的水流聲中，那些委屈的，不公平的很多事情，濃烈地在我胃中翻滾著，我好害怕他在禁錮的軀殼中，會一點一點地消失在黑暗裡。

嘟嘟嘟經過重山又到大海邊……嘟嘟嘟經過鐵橋又到山洞裡……

但此時，他仍溫熱地躺在我身邊，轉動著右眼珠，用鼻子也跟著發出咦咦呀呀的聲音。

多奇怪種種東西向後飛過去……我從來沒有見過這種怪東西……

我壓抑住吼叫的衝動，讓他依偎在我的懷裡，他的頭髮摸起來溫溫熱熱的。

一個小小的聲音在我耳邊說，請繼續頑強地活著吧。

不單單是這樣，我在心裡回答。

如果，我夠勇敢的話。

我得遵循原訂的新婚計畫，繼續頑強地愛著他。

後記

我後來明白，在夢想的路上行走時，需要別人一點一滴的幫助，才能畫出方向和地圖。

感謝中國時報文學獎，給我不甚成熟的小說一份極大的鼓勵。我記得南方朔先生說，希望得過文學獎的人要繼續創作，不要拿了錢就跑。我把他的話放在心裡。

感謝那個溫暖的頒獎典禮，讓我認識了皇冠出版社的龔槵甄小姐，當她走過來給我一張名片時，讓我有種輕飄飄的感覺。

更加謝謝她，將我介紹給皇冠雜誌主編莊瓊花。我依舊記得自己第一次和她見面時，緊張得幾乎胡言亂語，但她仍舊大方地提議，讓我開始有一個發表文字的園地。

她們兩人是這本書最重要的推手，我衷心的感激。沒有她們，我不過是個坐在位子上，發著創作小說夢的上班族。

謝謝在出版過程中，所有幫助我的人，致潔與婉婷，謝謝你們的親切和耐心。

謝謝正讀著這本書的人，謝謝你們拿起這本書，一路讀到這裡。這是我的第一本小說，有很多不足之處，我會繼續努力，希望在下一個作品中，我能有所進步。

最後，謝謝我親愛的家人，我的爸爸媽媽跟妹妹，有時候你們對我說，我的小說寫得很好，我雖然裝作沒什麼，但你們的一句話，勝過千言萬語。

如果，妳最愛的，可能是我。
其實，我最愛的，可能是你。

蘇鐵，宛如一種迷人的動物，只存活在愛情的感覺裡。讓愛情保鮮的方法是三個月換一次人，她只享用最可口的那段。

於是，棄絕一場愛可以像奔赴一場愛一般轟轟烈烈。蘇鐵的那些戀愛，就如同花的盛開，熾烈濃豔，深情浪漫，蘇鐵不曾心碎，因為她總在愛情腐敗的前夕告別。

燦爛之際，抑是毀滅之兆，盧樺不能接受蘇鐵的背棄。他們都說蘇鐵沒心沒肺，但盧樺偏偏深愛著蘇鐵，一輩子也放不下。一輩子究竟有多長？盧樺追著蘇鐵跑，繞著蘇鐵轉，看著蘇鐵與別人談著風風火火的戀愛。

直到好久以後，盧樺才終於明白，他們的愛，或許是一場永不結束的花期……

愛情的絕美與幻滅，愛情的親密與遙遠，愛情的倏忽與永恆，不斷變形的迷魅之愛，不斷旋轉的華麗之愛。透過陳麒淩筆下的六個故事，我們終於得以透視愛情。當年華似水，愛戀似水，猶能留住那些不告而別的匆匆身影。

國家圖書館出版品預行編目資料

FYI，我想念你：葉揚短篇小說集 / 葉揚著.--初版.--臺北市：皇冠. 2012.02
面；公分（皇冠叢書；第4194種）
（JOY；140）
ISBN 978-957-33-2873-5（平裝）

857.63　　101000451

皇冠叢書第4194種
JOY 140

FYI，我想念你

葉揚短篇小說集

作　　者—葉揚
發 行 人—平雲
出版發行—皇冠文化出版有限公司
台北市敦化北路120巷50號
電話◎02-27168888
郵撥帳號◎15261516號
皇冠出版社(香港)有限公司
香港上環文咸東街50號寶恒商業中心
23樓2301-3室
電話◎2529-1778　傳真◎2527-0904
責任主編—龔橞甄
責任編輯—江致潔
美術設計—程郁婷
著作完成日期—2011年11月
初版一刷日期—2012年2月
法律顧問—王惠光律師

讀者服務傳真專線◎02-27150507
電腦編號◎406140
ISBN◎978-957-33-2873-5
Printed in Taiwan
本書定價◎新台幣250元/港幣83元